叶广芩 著

我喜欢通透的人生

江西人民出版社

图书在版编目（CIP）数据

我喜欢通透的人生 / 叶广芩著. -- 南昌：江西人民出版社，2019.11
ISBN 978-7-210-11663-9

Ⅰ. ①我… Ⅱ. ①叶… Ⅲ. ①散文集－中国－当代 Ⅳ. ①I267

中国版本图书馆CIP数据核字(2019)第222304号

我喜欢通透的人生

叶广芩 / 著

责任编辑 / 冯雪松

出版发行 / 江西人民出版社

印刷 / 三河市金泰源印务有限公司

版次 / 2019年11月第1版

2019年11月第1次印刷

开本 / 880毫米×1230毫米　1/32　印张 / 8

字数 / 155千字

ISBN 978-7-210-11663-9

定价 / 45.00元

赣版权登字-01-2019-528

版权所有　侵权必究

如有质量问题，请寄回印厂调换。联系电话：13833676809

目录

一走进院落，就闻到了熟悉的气息，这是家的气息，这气息无时无刻不在这个家族的各个角落存在着，时光荏苒，世事更迭，却仍旧顽强执拗地存在着，熏染着来到这里的一切人和物。

第一章　唯家是心安

- 002　戏缘
- 010　颐和园的寂寞
- 034　游艺市场的热闹
- 054　太太与姨太太——老辈故事
- 062　旧家拆迁杂感
- 068　我十岁那年

天地有大美而不言，民间有很多我们在热闹与喧嚣中感悟不到的真谛，保持正常的生活态度，保持性情的平淡，文章的平淡，那才是将人做到了极致，将文做到了极致。

第二章 文学点亮一束光

074 走进文学

095 少小离家老大回

098 清涧路上

106 白夜涅瓦河

111 舀取深山水一瓢

115 红炉上的一点雪

119 但写真情并实境任他埋没与流传

世间的许多事本来就说不清,历史今天,如云如梦;国内国外,似是而非。

第三章 日本生活二三事

126 鬼迷心窍

131 走近「小猫」

135 杂牌军的故事

142 广岛情愫

145 贵妃东渡
——从马嵬坡到向津具半岛

其实生活中何尝不是如此，轻重缓急，静动进退，相辅相成，相制相约，只是一切要做得顺情自然。

第四章 山川所感

158 又进青木川

162 游鬼城

166 上车伊始

170 翠峰山野人探秘

179 五柞探幽

人生难得有翻越这样雄伟高山的机会，也难得有这样对生命和意志进行挑战和考验的机会，超越高山，超越自己，便是人生一乐。

第五章 旅途之见

188　翻越唐古拉

192　身无分文走拉萨

198　大宁河栈道话古

203　古战场觅踪

207　长河落日——统万城杂记

218　倪骆道（节选）

226　梨花一枝春带雨——《长恨歌》漫谈

第一章 唯家是心安

一走进院落,就闻到了熟悉的气息,这是家的气息,这气息无时无刻不在这个家族的各个角落存在着,时光荏苒,世事更迭,却仍旧顽强执拗地存在着,熏染着来到这里的一切人和物。

戏　缘

我爱戏，爱得如醉如痴。

这种爱好，从很小的时候就开始了。

我父亲有本叫《梦华琐簿》的书，闲时他常给我们讲那里面的事情，多是清末北京梨园行中的轶事，很有意思。我大约就是从这本书，从父亲那颇带表演意味的讲述中认识了京剧，迷上了京剧，同时，将那本书看作神奇得不得了的天下第一书。破四旧时，这本发黄的线书又被翻腾出来，我才知该书出自蕊珠旧史之手，知道"旧史"便是清末杨懋建氏。翻览全书，发现并无多少深刻内容，盖属笔记文学之类。文字也嫌粗糙肤浅，我遂明白，当初对它的崇拜，很多原因是因了父亲的缘故。

我的父亲在美院从事陶瓷美术的教学与研究，艺术造诣甚深。不唯画儿画得好，而且戏也唱得好，京胡也拉得好。我们家是个大家庭，几重的四合院幽深幽深，晚饭后，父亲常坐在石榴树前拉胡琴自娱。那琴声脆亮流畅，美妙动听，达到一种至臻至妙的境界。几位兄长亦各充角色，生旦净末丑霎时凑全，家庭自乐班就此开场，热热闹闹一直唱到月上中天。我在其中充任裹乱的角色，所以不太受欢迎，往往开戏不久，就被母亲哄进屋去"睡觉"，声称晚上院里有狐仙，且以白胡子老头的形象出现，专跟小孩子过不去。躺在床上，听着外面悠扬的乐曲，我的心一阵阵发痒，以致怀疑父亲是为狐仙之化身，因了他的白胡子，因了他与兄长们的亲热——这不是跟我过不去么。

  日常我最企盼的莫过于回姥姥家。姥姥家在北京朝阳门外坛口，那里有个剧场，经常轮换演出一些应时小戏。我常常跑到剧场后面，隔着门缝看一个名叫李玉茹的演员化妆。现在看来，李玉茹不过是京郊戏班的一个普通旦角，但当时在我眼中却是辉煌至极、伟大至极的人物。开演前半个小时，李玉茹来到后台，从画脸贴片子到上头面穿戏衣，我都看得特别仔细，想象那些东西装扮到自己身上也一定不会逊色，于是就有些莫名的嫉妒。后台门缝的宽度容不下一只眼，所以看李玉茹如同看今日之遮幅银幕，不过那银幕是竖着的，恰如徐悲鸿画的那幅"吹箫"写生画，细长的一条，大部分被黑遮盖着，给人留下了无穷无尽的遐想。一天奇热，后台的门大大地敞开了，整个后台连同李玉茹便一览无遗地暴露在我面前，我终于看到了一个全面、完整的李玉茹。那天她演的是《穆柯寨》里的穆桂英，一身锦靠扎得匀称利洒，一对雉尾在头顶悠悠地颤，威风极了。李玉茹看了我一眼，使我至今记忆犹新，难以忘怀。看过我之后，她走到水池边朗朗吟道："巾帼英雄女丈夫，胜似男儿盖世无；足下斜踏葵花镫，战马冲开摆阵图。"对李玉茹来说，这或许是上场前的情绪酝酿，或许是一般的发声练习，但我则认为她这一举止是专门为了我的，是专做给我一个人看的，我在门缝里向她张望了这许多时日，她自然是知道的。总之，为了她吟的那两句诗，我丢魂落魄般，整整激动了一天。后来我问父亲，全中国，戏唱得最好的是不是首推李玉茹。父亲说他不知道李玉茹，他只知道马连良、裘盛戎、叶盛兰、谭富英……这都是当今名角，他们合演的《群英会》是名副其实的"群英会"，集中国京剧艺术之大成，称得上千古绝唱。我问父亲喜欢谁，他说谭富英唱腔酣畅痛快，他喜欢谭富英。我说那我就当谭富英，何况这人的名字跟李玉茹一样的好听。父亲就教我唱谭富英的《捉放曹》，大意说三国时曹操刺杀董卓未遂，被下令捕拿，曹操行至中牟县被捕获。中牟县令陈宫私自将曹释放并与曹同逃。途中过吕伯奢家，承吕热情款待，曹却疑心吕要害他，杀死吕之全家，陈宫怨曹操心狠不仁，乘夜丢下曹操自己走去。父亲教的是陈宫见曹操杀死吕家数口后的大段唱词"听他言吓得我心惊胆战，背转身自埋怨我自己作差。"我唱不好，用父亲的话说是生吞活剥走过场，又说这两句西皮慢三眼并不是谁都能把谭老板那"云遮月"的韵味儿唱出来的，叶家门里除了老四，谁都不行。父亲说的老四是指我的四哥，四哥整大我二十四岁，我们都是属耗子的，性情上就有些贴近，他在故宫博物院工作，长得帅气，人也清高，三十多了，还没对象。老人们常为此事操心，我想，恐怕只有李玉茹那样的漂亮姐儿才配得上他。有一回他业余演出《四郎探母》，将演出剧照拿回家来让大伙看，母亲和大伯母举着照片细细地瞧，不是瞧四哥，是瞧他旁边坐着的铁镜公主，看"公主"跟"四郎"是否相配。两个老太太将"公主"姓字名谁家住何方兄弟几人父母作甚问了个遍，听说"公主"尚待字闺中又穷追不舍，问是否有可能真嫁四郎成为叶家媳妇。四哥说那女的个儿太矮，穿着花盆底鞋还不及他的肩膀，母亲说个儿高了不好，女孩儿家大洋马似的看着不舒坦。四哥说那女的才十八，母亲不再吭声了。是啊，岁数太悬殊了过不到一块儿去怎么办？我为四哥感到遗憾，安慰他说我将来一定长得很高，陪他去唱铁镜公主一定很般配，他对母亲说，丫丫这模样演刘媒婆不用化妆。我不知刘媒婆为何许人，想必与父亲喜欢的谭富英，与我喜欢的李玉茹一样，是个娇美俊俏的花花娘子。

每日跟父亲学唱"听他言"，并自报家门系谭派正宗。逢到我唱兄长们便撇嘴起哄，说刘媒婆的"痰"派的确唱得无与伦比，一遍跟一遍毫不相同，比天桥的绝活还绝。父亲的琴拉得很认真，托、随、领、带一丝不苟，并不因了我的稚嫩而稍有疏忽，我便也唱得极努力，信心不为兄长们的讽刺与挖苦所动，父亲说过，学戏与做人事理相通，凡事都得尽力，都得用心，不能投机取巧。

有一日随父母去吉祥剧院看戏，听说里面有谭富英，有刘媒婆，所以一整天都在盼着，不敢淘气，怕父母生气变卦而换了别的孩子。吉祥剧院在东安市场，老式的，我个子小，坐在椅子扶手上，垫着父亲的大衣，高出别人一头，就看得极清楚。台上有花花绿绿的男女在转来转去，我果断地推定那个穿粉衣的喂鸡小姑娘为刘媒婆，父亲说小姑娘是《拾玉镯》里的孙玉娇，刘媒婆是那个脸上有黑痣穿肥短衫的。肥短衫是个又丑又老的婆儿，扯着公鸭嗓，挤眉弄眼很不中看。我很生气，敢情憧憬了许久的刘媒婆竟是这般嘴脸，当下我眼里便含了泪。第二折是《捉放曹》，一个戴黑胡子的男人出场，唱出我熟悉的"听他言吓得我心惊胆战"，我才知道这就是父亲喜欢的谭富英，数日来我效仿的竟不是什么美娘子而是这么个半大老头子，窝窝囊囊地追着个大白脸，该睡觉的时候不睡觉，一个人站那里傻唱……现实与想象的错位对我是个沉重的打击，一种失望的悲哀终于使我失却了看下去的愿望，我将身子缩进座位，盖着大衣，在"背转身自埋怨我自己作差"的慢板中昏昏睡去……

按说我的"戏剧生涯"到此该画个句号打住，孰料，一个出乎意外的转机将我对京剧的热爱推向了更新的高度。还是那天晚上，一阵紧锣密鼓将我催醒，直起身见台上一着白甲英俊男子正平地跃起，横身悬空又旋转落地，游龙似的洒脱，比穆桂英更有吸引力。我马上问这是谁。父亲说那是《长坂坡》里的赵云，独闯重围，单骑救主，是个了不得的英雄。我说我就当赵云了，再不更改。父亲说你怎么能当赵云？武生可是不好演的。看戏回来问遍兄长，果然无一人会演赵云，都说没那功夫。我很瞧不起他们，决定自己练，遂脱了小褂，掂来根扎枪，嘴里给自己打着家伙点儿，围着院里的金鱼缸跑开了圆场。不知是谁按下了快门，至今给这个家庭留下了一张小丫头光着膀子耍扎枪的照片。二十多年后，我领着还未成亲的爱人进门，便有好事者将此照片拿给他看，倒把他弄得很不好意思。

八九岁时，中国戏曲学校招生，我决计去报名。那时父亲已去世，便与母亲商量，她不答应，一气之下我在墙上拿大顶抗议，声称不答应就决不下来。母亲不睬我，也不让大家睬我，人们从我身边过来过去，任我头朝下用胳膊支撑着身体，竟没有一个肯为我说句话的。我下不来台，开始寻事，喊着七哥的小名开骂。七哥过来，揪着我的两腿把我摔在砖地上，使我一颗门牙脱落，我号啕不止，扯住老七让赔牙。母亲说我们不懂事，她一个寡妇拉扯我们已经很不容易，我们却还要这样让她为难，说着掉下了眼泪，七哥在母亲的泪中认了错，我也在母亲的泪水中绝了唱戏的念头。这一念之差是否使中国京剧界失了一个角儿，我不知道。

那时都唱样板戏，我也进了文艺宣传队，人们赞赏我这一口脆亮京白，就让我演阿庆嫂。有小时的戏曲功底，演阿庆嫂也没费多大力气，那大段的二黄慢板"风声紧雨意浓天低云暗"唱下来也很自如，自我感觉颇为不错。给兄长们写信，告知演阿庆嫂的事，以期得到祝贺，然而却如同当年在墙上拿大顶一样，没得到一个人的反响。演出在即，队长找我谈话，说让我演沙奶奶，将阿庆嫂角色交一王姓女子担任。王系广西人，说话带有明显的哐哐腔，而且台形也略显粗短，与阿庆嫂形象相差甚远。我谈了自己看法，队长似无商量余地，我则只好由青衣改唱老旦。临上戏前，队长又让我改演革命群众，即初场迎接伤病员，末场迎接新四军……后来，我得知这一串的更改是因了我的家庭出身和社会关系时，我便离开了宣传队，自此再不唱戏，连口也懒得张了，紧接着是一场大病，嗓音被彻底摧毁，由此唱戏的一颗心终究是冷了。

转眼年已不惑，一切也都看得开了。现今五彩缤纷的舞台和电视屏幕较几十年前丰富多了。我的女儿当然再不会出现当年刘媒婆、谭富英一类的错位，这个追星族所追的星星也已不是她母亲当年推崇的穆桂英与赵云，而变作郭富城、张学友之类。其热烈程度较我有过之而无不及。我还是爱看戏，爱看谭富英、梅兰芳后代传人们演的戏,从那些艺术家们的精湛表演中,体味到中国古老民族文化的深厚底蕴,体味到昔日无数个甜酸苦涩的梦。

前不久,有人说我长得与某历史人物相像,就有人想邀我去演电视剧。照例写信给诸兄长,征求意见,哥哥们的回信如出一辙,均持反对态度。我亦就此罢休。

我的家庭使我认识了戏,爱上了戏,却又阻碍了我与它的亲近,有时把我推入很尴尬的境地。遂得出结论:此生与戏无缘。

颐和园的寂寞

《打渔杀家》是京剧的优秀传统剧目,一名《庆顶珠》,又名《讨渔税》。

说"讨渔税"倒是很直截了当,因为,戏里满是催要渔税的词,而且,那场很著名的架也是为了渔税才打起来的;说它叫"庆顶珠"就让人颇为费解了,在我的印象中,戏里面除了划船和打架以外似乎再没有什么宝贝的成分在其中了。倘若打鱼的父女真有宝贝,早早充作税银交给丁府,不是也可免了老爹爹公堂之上那顿板子吗?我将疑问说给我的老父亲,父亲说我听戏听得糙,把一个很重要的情节给漏掉了。他说:"萧恩到县衙去首告,挨了40板子,还让他到丁家赔礼道歉。萧恩忍无可忍,带着桂英趁夜色渡江,以献庆顶珠为借口,进入丁府,杀死丁的全家。这便是'庆顶珠'的由来了。"

但我总觉得牵强,"献珠"这个借口实在是戏里的败笔,把它作为戏名来提出，更是喧宾夺主。好在《庆顶珠》这个又烂又俗的名儿没叫起来，足见不喜欢它的人多，不只我一个。这就好像我"王八丫丫"的小名没在叶家以外广泛叫开一样，实在是一件很值得庆幸的事情。

我之所以喜欢《打渔杀家》，是因为这出戏我们叶家的人都会唱。不只是唱，而且还要演，那一招一式，一板一眼，都十分的地道，很有梅兰芳和周信芳的做派。至今，我的影集里还有我的大哥叶广厚和大姐叶广英在家里演此剧的"剧照"。照片上演教师爷的大哥光着膀子，系着带长穗的腰带，装出了一脸的凶恶；演萧恩的大姐带着髯口，梳着小抓鬏，更是一脸的认真。照片出自20世纪20年代父亲的德国相机，相当清晰，画面上的大哥有十岁，大姐最多不过五六岁。五六岁的小姑娘也能粉墨登场，除了可以看出叶家众子弟的多才多艺以外，也足见《打渔杀家》在叶家的深入。如今，照片上的两位"演员"都早已作古，那悠悠的琴声与唱腔却传了下来，一直传到了我这儿。

新中国成立前，父亲在"国立北平艺术专科学校"[①]教书，那是今日中央美术学院的前身，旧时在京城是一座很有名的学校。校

---

① 最初为北京美术学校，于1918年开办。1925年改为国立艺术专门学校，1934年改建为国立北平艺术专科学校。

长是徐悲鸿，著名画家齐白石、徐燕荪等也都任过该校教师；王雪涛、李苦禅等大家均毕业于此。我的三大爷也在这所学校工作，老哥儿俩打小居住在一起，没有红过脸，没有分过家，兄弟孔怀，为小辈们做出了好榜样。老哥儿俩不唯画画得好，而且戏唱得好，京胡也拉得好。晚饭后，老哥儿俩常坐在金鱼缸前、海棠树下，拉琴自娱。那琴声脆亮悠扬，美妙动听，达到一种至臻至妙的境界。我的几位兄长亦各充角色，生旦净末丑霎时凑全，笙笛锣镲也是现成的，呜哩哇啦一台戏就此开场。首场便是《打渔杀家》，《打渔杀家》完了就演《空城计》，然后《甘露寺》接着《盗御马》，《吊金龟》接着《望江亭》，戏一折连着一折，一直唱到月上中天。

母亲说："狐仙都出来了，散了吧。"

我们家院深房大，老北京传说大凡这样的大宅门都有狐仙与人同时居住，狐黄灰白柳（狐狸、黄鼠狼、老鼠、刺猬、长虫）是家神，是不能轻易得罪的。据说，我们家的狐仙晚上常常变成白胡子老头出来在院里各处溜达，有人还听到过狐仙的咳嗽和踢踢踏踏的脚步声，逢有这种情况就要早早地回避，不要撞克了。

听母亲说狐仙出来了，大家这才收家伙，各回各的屋。

弟兄们这么热闹的时候我还没有出生。

我比我的大哥整整小了三十六岁。

生我的时候我父亲已经六十多岁了。他是光绪十四年生的人。

虽然没有和父兄们在家里唱大戏的荣幸，但我却敢大言不惭地对兄长们夸口，说我在颐和园的大戏台上唱过《打渔杀家》，德和园的戏台不是等闲之辈能上的，那是杨小楼、梅兰芳一代宗师们给西太后唱戏的地方。我至今尚能背诵出戏台两侧的楹联：

山水协清音，龙会八风，凤调九奏；
宫商协法曲，像德流韵，燕乐养和。

这个联是西太后过六十岁生日时，亲自撰写的。我父亲教我认字，就是从这几个字开始一天五个一天四个地认起的，也只是识字，至于那意思，是一点也不明白的。

为什么我能在德和园出乖露丑呢？这还要从我的三哥说起。

我的三哥叶广益和三嫂鲍贞都在颐和园里工作，我很多时候是和他们住在那座美丽的大园子里的。德和园大戏台东边有个夹道，那里有几个相同的小门，我们就住在其中的一个门里。门小院子却大，里面北房一排，前廊后厦，高大宽敞，连那睡觉的雕花木炕也是嵌在北墙里，古色古香，十分的与众不同。我仔细地观察过，小院不少，小孩子却没有一个，这使我感到寂寞。我渴望着回到城里，回到父母身边，但我也深谙父母无暇顾及我的难处，母亲在数天前又为我增添了一个叫做叶广荃的小妹妹。

我们家别的不多，就是孩子特多，按大小排行起来，大大小小一共十四个，七男七女，我是第十三个。孩子多了就不珍贵，也不娇气,多是有一搭没一搭地捎带着养,不似今日的独生子女,上小学六年级了还要家长每天在学校门口接来送去。我常想,那时候我不过四五岁,家里把我撂在颐和园怎么就那么放得开呢?负责照看我的三哥对我更是大松心,他和三嫂白天上班,让我一个人可着园子到处乱跑,到哪儿去他连问也不问,好像这个园子就是我们的家,让人放心极了。所以,在颐和园,我像大草原上的羊一样,每天只要在吃饭的时候到颐和园东门口的职工食堂找到买饭的三哥即可。三哥夫妻俩工作都很忙,没时间做饭,我也只好跟着他们吃食堂。对颐和园职工食堂的饭我不敢恭维,我认为那是世界上最难吃的饭。当然,在以后我吃了不少食堂之后才明白,东宫门的饭其实是相当不错的。后来,三哥雇了一个很能干的、清瘦的老太太给他做饭,老太太做的饭很有水平。冬日的下午,老太太常常坐在火炉边一边跟我聊宫里的故事一边捏小点心,她烤出的小点心花样繁多,小猫小兔小鸟形态生动活泼,别说吃,就是玩也很有意思。原来,老太太的丈夫是宫里御膳房的厨子,死了。她无儿无女,没别的特长,只会做饭,被号称美食家的三哥接到家里来。这样,我随时都有点心吃了,再不要记着钟点跑食堂,这对我来说真是一件幸福不过的事了。

这都是题外话。

一个被叶家的人叫作"王八丫丫"的很淘气的小姑娘在园子里

孤寂地住着，那实在是一段磨人性情的岁月。我常常坐在谐趣园水榭的矮凳上，望着亭台楼阁，以孩子的心，编织着一个又一个与眼前景致和我有关的美丽故事。故事里自然要有园子的主人公皇上和老太后，不能少的是年轻的渔家女桂英和她的老爹爹萧恩，我一定更是其中举足轻重的重要角色……夕阳西下，晚霞凄艳，园中的水色山光使人想到《打渔杀家》那段西皮导板：

    白浪涛涛海水发，

    江岸俱是打鱼家，

    青山绿水难描画，

    树枝哪怕日影斜。

  湖水和江水一样，在夕阳里飘散着一股忧愁，一股难以说清的寂寞和惆怅。戏中英雄老去，归隐江湖，洗尽了当年的意气，只有天真的幼女相依为命，最后只好"双双走天涯"了事。那情景真的要让人为之伤心一哭了，我想，如若我认识桂英，一定要参与进去，助那父女一臂之力，倘能叫上我那些齐整英俊的哥哥们，萧家不但能够打赢，说不定那个小女子桂英的终身也会有了依靠……

  知春亭畔有元朝宰相耶律楚材的祠和墓，祠内供奉着耶律楚材的塑像，是个穿白袍的老头儿，三缕黑髯垂在胸前，很和蔼可亲。三哥对我说，当初西太后修复颐和园的时候，认为自家的花园里搁着个外人的坟有点不伦不类，就想把它起走。耶律楚材给太后托梦说，你修你的园子，我住我的家，咱们总要有个先来后到。就是你们的乾隆建园时都没敢把我请出去，你能把我怎么样？西太后从此再不敢提迁坟的事，这座坟就理直气壮地在皇上的家里待下来了。我听了以后，很佩服耶律楚材的勇敢，把他看作和萧恩一样的人物。当然，那时对这位为元朝立赋税、设郡县、建户口的历史名臣并无一点了解，所见只是个白袍子，就叫他白大爷。没事儿就往白大爷那儿跑，跟白大爷去说话。白大爷是这座园子里我能看得见的、肯陪我聊天的好老头儿。久而久之，我们家的人都知道了白大爷，三哥常问我："今天没上白大爷那儿去吗？"

这些通连天地、混乱古今的遐想，借助这美丽的山水而生，我相信，它们在我以后走上文学创作道路，在我创作以御医为题材的小说《黄连厚朴》，以皇亲、王爷为题材的《瘦尽灯花又一宵》以及以家族文化为背景的小说《本是同根生》和《祖坟》等作品中，很难说没有起到潜移默化的作用。《上海文学》的编辑在评论这些作品时说："在她的小说里，总有一种淡淡的忧郁，一种对世事人生的茫然和感动，那似乎是一种与生俱来的个人气质。"

我想这茫然和感动大概就是来自这山与水吧！

有一回在西堤，我看见有一对情人掉到湖里，男的淹死了，浑身青紫地被抬到东门口的门诊部，用席子盖着，搁在墙根儿，跟他一块儿来的女的坐在台阶上哭。本来，逛颐和园是一件很高兴的事,却死了一个,那一个怎么能不悲伤呢?我看那个女的哭,就也在一边陪着她哭。因为,我觉得这实在是一件很让人伤心的、很想不通的事情。看热闹的人很多,人们多把我当成了死者的家属,劝那个女的说:"你不要哭了,你也要为身边的孩子想想。"也有的人说:"唔,孩子还这么小,爹就淹死了,真惨!"我想,那个女的虽然没说什么,心里一定对旁边我这个陪哭的感到莫名其妙。我哭着想,我们家的人怎么就不怕我被淹死呢?假如席子底下躺着的不是那个男的而是我,我三哥该如何向父亲交代?于是,我就很希望我也能死一回,不为别的,就为让他们也为我好好哭一回,省得我在家里老像被人忘掉一样。

  我的生活单调又无聊,西苑有飞机场,飞机每每到了这里已经趋于降落,飞得很低很低了。从我头顶飞过的飞机,不但机翼上的号码看得一清二楚,有时连里面的驾驶员也能看得见。只要外面飞机一响,哪怕正在吃饭,我也要把饭碗推开,飞快地跑出屋门,向每一架路过的飞机热情地挥手致意。现在想想实在是没意思,但有一段时间它竟成了我生活的全部。我每天都在焦躁地等待着飞机的到来,来一架,我在"大前门"的香烟盒上记一架,天长日久,记了好几张烟纸,都是飞机的号码。以我的文化水平,能认识的也就是那几个简单的阿拉伯数字。可笑的是,我在记录一架飞机和一架飞机的号码时没有断开意识,所以,记到最后,竟是满篇的、毫无头绪的1234567890数字,分不清谁是谁。

这大概与那次陪哭有异曲同工之妙。

大戏台所在的德和园今日已经成为园中的重要游点,据云需另购门票才能进入。彼时它是去后山和通向排云殿的通道,一度是我的娱乐场。有时园子里晚上给职工放电影,幕布就挂在慈禧看戏的颐乐殿前,观众则坐在大戏台上看。这情景大概是老佛爷当年万万想不到的。记忆中的大戏台远没有现在这般鲜丽辉煌,更没有这么多熙熙攘攘的游客,那时的人似乎很少。颐乐殿西面有门,有时我从后山转进殿里,在西太后听戏的南炕前向大戏台遥遥望去,繁华歇,风云灭,昔日的热闹早已无迹可寻,唯有太阳晃晃地照着,除了看到大玻璃窗上自己的影像外,再也看不出其他。于是,我怎么也想象不出,那个耳朵又聋、眼神儿又不济的老太太坐在这儿能把《打渔杀家》看出什么味道来。

大戏台上的青石条和起伏不平的木板台面给我留下了深刻的印象,除此之外,就是薄暮时分喧闹嘈杂的燕子了。"依依宫柳拂宫墙,楼殿无人春昼长",傍晚,游人都出园了,大戏台前只剩下了我和那些燕子时,双方便都显示出了难以抑制的兴奋和活跃。燕子们这时就故意撩逗我,从我耳畔嚓地飞过,掠起一阵风——它们不怕我这个小人儿。我自然也按捺不住表现的欲望,跑上台去,对着那空旷的院落,对着那些黄黄的琉璃瓦,对着玻璃后头的"慈禧",表演我的《打渔杀家》。

我拉着架势扯开了嗓子吼道:"江湖上叫萧恩不才是我——"

没人喝彩。四周寂然无声。

"我本是出山虎,独自一个——"

没有掌声。头顶小燕啾啾。

稚嫩的细嗓,柔弱的小丫头,与那古旧庞大的戏台、恢宏的殿宇,实实的不相称,而那叱咤风云的气势,那乳犊不惧虎的精神却留下了辉煌的篇章。

父亲来了。

我像过节一般高兴。

晚上,父亲和我睡在外间屋的炕上,我给父亲看那些飞机的号码,歪歪扭扭的铅笔字让父亲很是为难了半天,他说:"你这是什么呀,鬼画符吗?"

父亲看不懂,我很伤心。

后来,父亲就开始教我大戏台上的楹联了。再后来就走到哪儿讲到哪儿,那真无异于一段段美好的文化讲座,一曲曲流动的音乐。整个园子,数谐趣园的楹联最为清丽秀美:"菱花晓映雕栏日,莲叶香涵玉沼波""窗间树色连山净,户外岚光带水深"。如那景色一样,这也是让人永难忘却的佳作。

父亲从不在三哥这里多住,一则因为工作,二则他说睡觉的炕"不干净",使他净做噩梦。父亲说,这炕自砌成以来,不知睡过多少恩恩怨怨的人,百年前的事都到梦里来了。为此,三哥借了玉澜堂门首西边一张床让父亲去睡。那里是值班室,没有古老的恩恩怨怨的炕,只有两张木板床,但父亲在那里大概只住了一宿就回来了。他对我说玉澜堂的怨气太重,戊戌政变后,慈禧在玉澜堂的霞芬室和藕香榭殿内砌了高墙,专作关押光绪之所,不宜人住,特别不宜我们姓叶赫那拉的人住。在玉澜堂只睡过一晚上的父亲,竟能借此而发挥,编出了一个他在夜里与光绪品茗谈古论今的故事。应我的要求,那晚自然又有萧恩和他的女儿桂英,孙悟空和猪八戒来凑热闹,甚至连自沉于昆明湖的一代文豪王国维也由水中踏月而出,加入清谈之列。于是,出自父亲口中的玉澜堂之夜,人鬼妖聚集,热闹非凡,实实地让人向往了。如此看来,父亲以其艺术家的想象力,深入浅出地为他的小女儿编撰着一个又一个宁愿信其有,不愿信其无的故事。多少深厚的历史文化知识,由玉澜堂之夜溢出,潜入一个孩子的纯净心田。

三哥见我每天闲得实在无聊,就给我找事,让我去后山挖取开紫花的兰草,嘱我一定要连土弄回,栽在南墙背阴处。这种草在后山大片地长着,有很多,只半日工夫,我便弄回不少,沿墙栽了数排。尚不过瘾,又从后湖偷来睡莲,养在洗衣服的绿瓦盆内。彼时虽不懂"寂寞梧桐深院"的风雅,却也有"似此园林无限好"的追求,很为小院的美化花了一番工夫。

睡莲死,幽兰枯,满园秋风萧瑟时,父亲来看我。我吵着闹着要跟他回家,我说我实在不愿在这不是人待的地界住下去了。那时我还不会说什么"保护少年儿童身心健康""培养少年儿童健康成长"一类很有水平的话,我只是一味地闹。记得是在谐趣园的知鱼桥上,父亲望着阴冷的水、枯败的荷叶说:"此景难得,此境难寻。景为水残,时为秋残,这是千古文人能够享受和欣赏却难以解释和理解的心境,你这个小东西置身于绝美之中却茫然不觉,实乃愚钝不可教也。"这些话我自然听不懂,但我知道这不是什么好话,是教训我的话,心里更是十二分的不平。

三哥在一旁说:"您说这些话是对牛弹琴,这孩子混沌着呢,她根本听不懂,每天只是傻吃傻玩。夏时挖回一院子马莲,以为是兰草,揪回一盆荷叶,都是没根儿的。"

父亲告诉我,颐和园里有一种叫作哈拉闷的东西,这东西时而有形,时而无形,荡于园中各处,常为人所见。又说因了哈拉闷的存在,这园子才有了生机,有了灵气。

我说:"我要去寻找哈拉闷,找到了捉回来,蛐蛐儿一样地养在罐里。"

父亲说如此甚好。

第二天,父亲亲自陪着我在颐和园里寻找哈拉闷。

在后湖的绿水中,在大殿的螭吻上,父亲几次说他见到了哈拉闷,我则一无所见。

父亲回去了,留下了继续寻找的我。在以后的时光里,我已无心对付燕子和兰草,而将一腔热情扑在哈拉闷上,我发誓要找到那个父亲看得见我却看不见的精灵。颐和园由东向西,自南至北,从龙王庙的码头到北宫门的石阶,从西堤六桥的桥墩到仁寿殿的流水沟眼儿,这些人迹难到的所在都被我细细地窥探过,不能说找得不认真。从1750年乾隆修建这个园子至今,想必还没有一个孩子将这所园林阅读得如此仔细,如此淋漓尽致。

一个炎热慵懒的夏日中午,我拒绝午睡,要去寻找哈拉闷。三哥无奈,将我扯至后山四大部州的藏庙遗址前,指着散落在荒草中须弥石座上雕刻的光身小怪说:"这就是你要找的哈拉闷。"

我说:"不是,哈拉闷是活的!"

我的语气之坚定使三哥没有反驳的余地,他气愤地将我扔在太阳下那堆红色的断壁残垣中,独自回去了。

我执拗的脾气不招人待见。

在这里,我不得不说点题外的话。三哥其实不是我父亲的孩子,严格地说他应该是父亲的侄子。但是,他的父母早早就故去了,由我的父亲将他抚养成人,他是我们众多孩子中身世最为坎坷的一个。三哥是个很重感情的人,他把我的父亲看作他自己的父亲,把我们也看作他的亲兄妹。在七个哥哥中,我最喜欢的是三哥,我对他的依赖,是女儿对父亲的依赖。1994年,他七十一岁,患了癌症,临终前他忍受着病痛给我写了一封长达八页的信,信的最末一句话是:"丫丫,你是我抱大的。"万语千言的疼爱尽在这一句话之中。

我曾一度把寻找哈拉闷的希望寄托在颐和园后山独有的白水牛儿身上,水牛儿捉来不少,骑在路边的石凳上依次排开,挑选其中个大、长相齐整令人有好感的,捏在手里唱:

水牛儿,水牛儿,

先出来犄角后出头哎,

你爹你妈给你买了烧肝烧羊肉哎,

……

在北京长大的孩子大概没有谁不会唱这首歌。

那些水牛儿在我声嘶力竭,青筋高暴的呼喊中终于有了动静,水牛儿的露头绝非因为热情的呼唤或是烧肝烧羊肉的感召,而是受不住捏着它的热手的炙烤才极不情愿地探出头来。水牛儿先伸一角,再伸一角,慢腾腾地展开身子,甚为不满地张望一下,很快又缩回壳中。整个过程忍耐、惊喜与失望紧紧相连。

在对水牛儿的艰苦呼唤中,并没有唤出我梦寐以求的哈拉闷。

长大以后与文学有染,也有了一把年纪和阅历,便明白那哈拉闷是父亲用来哄小孩子的东西。文学造诣精深的父亲让他的孩子去寻觅一种精怪，从寻觅中感受中国文化艺术的底蕴，认识艺术魂魄的神奇魅力，经历只可意会不可言传的民族文化体验。后来，我问过哈拉闷究竟为何物？人说，哈拉闷系满语，是指水怪一类。颐和园里水多，早年或许有过哈拉闷的传说也未可知……

其实，对哈拉闷的真实语意我已无心追究，那是语言学家们的事情。然而，哈拉闷对于颐和园，对于文化艺术乃至于整个宇宙人生是无时不在，无处不在，入乎其内又出乎其外的。入乎其内，故有精神、有生气；出乎其外，则有形象、有高致。这便是父亲说的时而有形，时而无形了。童年时代，是为寻找而寻找，看来是一种游戏，然而，游戏的本身又何尝不是目的？与艺术一样，是一种心的感动，是一种欲罢不能的状态。一个普通的理念，足足让人认识一生。

我的聪明的父亲，他对孩子的教育竟然是这样的。

1955年的中秋节，父亲恰住园中，那晚他携了我与三哥三嫂同去景福阁观月。

景福阁原名昙花阁，位于万寿山脊东端，乃听雨赏月的绝佳之地，最受乾隆喜爱。后来，西太后重修改建成厅堂，赐名景福阁。中秋那晚，年少的我，无赏月雅致，而为三嫂所带糕饼吸引，一门心思只在吃上。

父亲见状对三嫂说："我花甲之年才得此女，自然怜爱有加，虽他日为鸡为凤不可预期，然资禀尚不愚笨。今放逐园中，如野马笼头，驯致为难，实出无奈，还盼鲍贞耳提面命，严加教训，否则，恐终成猪犬。"

三嫂说："小丫丫才六岁，正是混沌未开之时，为人一世，快活也就是这几年罢了，何苦拗她。"

当时我口啃糕饼，偎依在父亲怀抱，举目望月，银白一片。居月光与亲情的维护之中，此情此景竟令我这顽劣小儿也深深地感动了。以后读了苏东坡的"明月几时有，把酒问青天"，更觉那逝去光阴的可贵，以致每每见月，便想起景福阁。那美妙绝伦的景致还当存在，而那恬静温馨的亲情却是再不会有了。

那夜的月似乎给了我某种启示，父亲第二天要返回，说是要去河北彭城。我从内心突然生出难以割舍的依恋，这种依恋的深重绝超出了一个六岁孩子的经历。那天，我执意要跟父亲同归，任谁怎么劝也不听。我死死地拽住父亲的衣襟，整整五个小时没有松开，这使本应吃过中午饭就离开的父亲一直拖到了晚上。我那反常的举动使大人们无措，他们不知我那天是怎么了，为什么那么不听话，咧着嘴肆无忌惮地哭。

三哥说："今儿这孩子是邪了。"

那晚，我的目的终于达到了，父亲答应领我回家。

我和父亲手拉着手向颐和园的东门走去，那天的月亮又圆又亮，照着我和父亲以及我们身后那些金碧辉煌的殿宇。那晚，父亲穿着深灰色的春绸长袍，白色的胡子在胸前飘着，一手拄着他的藤拐杖，一手拉着我，一老一小的身影映在回家的路上。我把父亲攥得紧紧的，心里真怕他突然变卦，又把我送回园子里去，尽管我当时仍止不住一下下地抽泣，但还是带有讨好性质地跟他说了不少笑话。我想让他因为我的存在而愉快、而幸福，而不感到我的多余。

回到家，母亲的惊奇是可想而知的。小妹妹在发烧，老七叶广宏又逃了学，他把书包藏在了警察楼子里，自己跑得不见了踪影。警察按照本子上的地址找到学校，又找到家，我们到家的时候，那个肇事者还没有回来。到半夜，七哥才回家，一问说是到动物园看猴去了，没钱坐车，是从西郊走着回来的。

母亲一个晚上都在抹眼泪，那个叫广荃的妹妹在床上不停地哼哼，她不闹，很乖也很懂事，睁着一双大眼睛恐惧地看着训斥儿子的父亲……

这就是家，这就是生活，从这我也隐隐地感到了家里为什么总是希望我住在颐和园的缘由。我在这个家里只能添乱，我也不是个省油的灯。

第二天，父亲就去彭城了。

我和母亲把他送到大门外，母亲怀里抱着软弱得抬不起脑袋的小妹妹，小妹妹伸出小手跟父亲再见。

父亲走了几步又回过身来说："回去吧。"

我和母亲都没有动。我无法揣度父亲当时的心情，他是个事业型的人，对于离别、对于亲情似乎并不在意，那一句轻轻的"回去吧"便是告别，与妻儿的告别。

当时我鬼使神差地追上了父亲，接过了他背上的小包袱，我说我要送他一程，送他上车。我背着小包袱将父亲送到北新桥，送上了开往前门火车站的有轨电车。

没有经验的我竟然跟着父亲上了车才将包袱交给他，车要开了，父亲把着车门拨开众人大声说："让我的孩子下车！"

车开了，父亲站在车尾向我挥手，示意我快些回家。我的泪水夺眶而出，在我那颗小小的心灵里充满了悲哀。

那一别，竟成了生死的诀别。

我是父亲的孩子当中最后见到他的一个。

有一天，突然说姥姥得了急病，将母亲叫去。

我是后来随着三哥广益、四哥广明、五哥广延一块去的，我不明白姥姥病了却让这么多哥哥去干什么。路上，三哥难过地抚摸着我的头说："要紧的是今后这些小妹妹们怎么办……"

三个哥哥站在黑暗的胡同里只是唏嘘。

我感到了家里发生了什么大事，但我绝没有想到是父亲，因为一个星期前三大爷还给我母亲读了父亲写给他的信,信里说在彭城那个小地方竟然还能看到京剧,行头好,唱功也好,演的是《鸿鸾禧》和《打渔杀家》……

到了姥姥家,姥姥很健康,没有一点生病的样子。

我说:"姥姥,您不是病了吗?"

姥姥没说话,大舅把我拉过去说:"丫儿,你得懂事。你不能哭,你得为你妈想想,广荃还小,你别吓着她。"

我懵懵懂懂跟着大舅进了屋,屋里有一桌子纹丝未动的酒菜,这种非同一般的阵势让人的心底一阵阵发凉。

母亲见到我,哭了。

母亲说:"你父亲殁了。"

我一下懵了。我已记不清当时的我是什么反应,没有哭是肯定的,从那儿我才知道,悲痛至极的人是哭不出来的。后来,我见到书上有"抚棺临穴而无泪"的说法,觉得它太贴切了。

原来,父亲突发心脏病,倒在彭城陶瓷研究所他的工作岗位上。

母亲那年四十七岁。

母亲是个没有主意的家庭妇女,她不识字,最大的活动范围就是从娘家到婆家,从婆家到娘家,临此大事,只知道哭,将父亲的后事全部托付给在彭城工作的堂兄——我的六哥叶广成。因直系血亲没人来奔丧，六哥就和研究所商量，将父亲的棺木暂时囚封在峰峰矿区滏阳河岸，以待不日来人扶柩回京。

原以为是数月的事，孰料，父亲的棺木在那陌生之地，一囚就是二十年。

父亲的亲儿子们谁也没想起接父亲回家，我至今对此百思不得其解。

母亲当时这一失策之举，酿成了她终生的遗憾。

母亲是父亲的第三位妻子，父亲去世时非我母亲所生的哥哥们已经成家立业，各人有各人的日子，顾及不到我们。而我母亲所出的五姐广芸、七哥广宏，以及我和小妹妹广荃，最大的不到十五岁，最小的不到三岁。弱息孤儿，所恃已为活者，惟指父亲，今生机已绝，待哺何来？

我怕母亲一时想不开，走绝路，就时刻跟着她，为此甚至夜里不敢熟睡，母亲半夜只要稍有动静，我便呼地一下坐起来，这些我从没对母亲说起过。母亲至死也不知道，在她那些无数凄苦的不眠之夜中，有多少是她的女儿暗中和她一起度过的。

年年寒食，我都与母亲在大门外烧些纸钱，祭奠千里之外父亲的亡魂；岁岁中秋，奠香茶一杯，月饼数块，徒作相聚之梦。随着岁月的迁延，年龄的增长，内心负疚愈深。对父亲，我生未尽其欢，殁未尽其礼，实是个与豚犬无异的不孝孩子。

人的长大是突然间的事。

经此变故，我稚嫩的肩开始分担了家庭的忧愁。

就在父亲去世的那一年，我带着一身重孝走进了北京方家胡同小学。

这是一所老学校，在有名的国子监南边，著名文学家老舍先生曾经担任过它的校长。我进学校时，绝不知道什么老舍，连当时的校长是谁也不知道，只知道我的班主任叫马玉琴。她是回民，是一个梳着短发的美丽女人。在课堂上，她常常给我们讲她的家，讲她的孩子大光、二光，这使她和我们一下拉得很近。

我的忧郁、孤独、沉默、敏感，很快引起了她的注意。有一天课间操以后，她向我走来，我的不合群在这个班里可能是太明显了。

马老师靠在我的旁边低声问我："你在给谁戴孝？"

我说："父亲。"

马老师什么也没说，她把我搂进怀里。

我的脸紧紧贴着老师，我感觉到了由她身上散发出来的温热和那好闻的气息，我想掉眼泪，但是我不想让别人看见我的泪，就强忍着，喉咙像堵了一块大棉花，只是抽搐、发哽，马老师轻轻用手拍着我的背。我知道，那时候我只要一张嘴，就会"哇"的一声哭出来。

老师什么也没问。老师很体谅我。

一年级期末,我被评上了"三好学生"。

为了生活,母亲不得不进了一家街道小厂,这就为我增添了一个任务,即每天下午放学后将3岁的妹妹从幼儿园接回家。

有一天,轮到我做值日,扫完教室天已经很晚了,我匆匆赶到幼儿园,小班教室里已经没有人了。我以为是母亲将她接走了,就心安理得地回家了。到家一看,门锁着,母亲加班,我才感到了不妙,赶紧转身朝幼儿园跑。从我们家到幼儿园足有汽车四站的路程,直跑得我两眼发黑,进了幼儿园差点没一头栽到地上。推开小班的门,我才看见坐在门背后的妹妹,她一个人一声不响地坐在那儿等我。阿姨把她交给了看门的老头儿,自己下班了;那个老头儿又把这事忘了。看到孤单的小妹妹一个人害怕地缩在墙角,我为自己的粗心感到内疚。

我说:"你为什么不使劲哭哇?"

妹妹噙着眼泪说:"你会来接我的。"

那天,我蹲下来,让妹妹趴到我的背上,我要背着她回家,我发誓不让她走一步路,以补偿我的过失。我背着她走过一条又一条胡同,妹妹几次要下来我都不允许,这使她的心感到了较我更甚的不安,像当年我讨好父亲一样她也开始讨好我。她在我的背上为我唱那天新学的儿歌,我还记得那儿歌是:

洋娃娃和小熊跳舞,

跳呀跳呀一二一。

小熊小熊点点头呀，

小洋娃娃笑嘻嘻。

路灯亮了，天上有寒星在闪烁，胡同里没有一个人，葱花炝锅的香味由别人家里溢出。我背着妹妹一步一步地走，我们的影子映在路上，一会儿变长，一会儿变短。一行清冷的泪顺着我的脸颊流下，淌进嘴里，那味道又苦又涩。

妹妹还在奶声奶气地唱：

洋娃娃和小熊跳舞，

跳呀跳呀一二一。

是第几遍的重复了，不知道。

那是为我而唱的，送给我的歌。

这首歌或许现在还在为孩子们所传唱，但我已听不得它。那欢快的旋律总让我有一种强装欢笑的误解，一听见它，我的心就会缩紧，就会发颤。作家唐君毅说得好，人周围往往构成一片无限的寂寞苍茫的氛围，"以此氛围为背景，尔后把我们有限的人生，烘托凸显出来。人生如在雾中行，只有眼前的一片才是看得见的，远望是茫茫大雾。人生如一人到高山顶立，只能听见自己的呼吸，四周是寂静无声。人生又若黑夜居大海中灯塔内，除此灯光所照的海面外，是无边的黑暗，无边的大海……"那时，我年纪虽小，已经感到了雾的迷蒙，山的孤寂，夜的恐怖……

　　但我至今不能忘记在我人生之路上给予我理解和爱的人们，这种刻骨铭心的记忆将伴我终生，珍藏至永远！

游艺市场的热闹

民国期间，北京评剧界曾经排演了一部叫作《铜碗丁》的新戏。说的是北京齐化门（朝阳门）外发生的一件真人真事。

有一户姓丁的人家，以铜盆铜碗为业，后来不知为什么发了，有了钱，娶了儿媳妇。婆婆虐待媳妇，每日非打即骂，媳妇不堪忍受，趁无人之际一头扎进水缸，自溺身亡。此事引起媳妇娘家人和街坊们的愤怒，不答应丁家，要求大办丧事，为媳妇鸣冤。娘家和街面儿上的主事提出，出殡那天必须是内棺外椁，番、道、禅三棚经，三十二人大杠，清音锣鼓外加西乐队。这也还罢了，最有意思的是要求婆婆打幡，儿子抱罐，让他们充当孝子的角色。那母子拗不过众人，只好答应。出殡那天自然十分热闹，据说观看者不下数万人，那个虐待媳妇的婆婆和儿子在围观者的唾骂、厮打中被搞得不人不鬼，声名狼藉。后来有文人将此事写成了戏，在京城演出，相当轰动，事主丁家认为这戏有辱名声，花大价将《铜碗丁》买断,才将舆论压了下去。丁家经此折腾,家道很快衰败,下场非常凄惨。

我的母亲是亲眼看见了那场声势浩大的出殡仪仗的。她说:"丁家所住与我家不远,都是抬头不见低头见的,丁家打媳妇也是特狠,把猫装在媳妇裤裆里,用棍子打猫,这样虐待媳妇,媳妇不扎水缸还等什么?"

我为看不到《锔碗丁》的戏而遗憾,与父亲们唱的《空城计》《盗御马》相比,《锔碗丁》似乎更让人觉得亲近。它看得见摸得着,就是在我们身边发生的事;不像诸葛亮,不像窦尔敦,只在戏台上才能见到。

能与锔碗儿的为邻的母亲,料不是生长在多么出色的地方。母亲的娘家在齐化门外坛口,一个叫南营房的一大片低矮平房的地方。用父亲的话说,那儿是"穷杂之地"。

我不喜欢姥姥家却很喜欢那五方杂处百业云集的"穷杂之地",因为,那里有很多难以说清的乐趣。南营房的北面是日坛的坛口,大约自清末以来,那里就形成了一个不大的,但很热闹的游艺市场。说评书的、说相声的、拉洋片的、唱评戏的、卖各样小吃的、卖绒花的、套圈的、变戏法儿的,间或还有耍狗熊的、跑旱船的,商贩艺人,设摊设场,热闹极了。每次回姥姥家,我都是冲着那些五花八门去的,看姥姥是个名义,奔热闹才是真心。

去姥姥家必须穿过游艺市场，进游艺市场必须经过一个"虫子铺"，铺外的桌子上永远摆着几个大玻璃瓶子，里面用药水泡着许许多多死虫子，蛔虫和蛔虫在一起，绦虫和绦虫在一起，虫子呈淡粉色，扭在一块儿，看着让人恶心。那是这个市场让人最不愉快的地方，我顶怵头的就是过那个虫子铺。偏巧，铺子的掌柜的跟姥姥家熟识，我和母亲每次从那儿过，他都要跟我们打招呼，母亲就要停下来跟他说一会儿话，两个人说来说去便要从桌子上的虫子说到我肚子里的虫子，仿佛我肚子里的虫子的数量绝不少于那些瓶子里的数量。让他这么一说，我的肚子马上就疼起来了，真像有万千条虫在里面蠕动，唬得我连自己的肚皮也不敢碰了。末了，掌柜的就送我一包打虫子药，听他的话好像我如果不吃这药，到最后肚子里的虫子就会把我吃了一样。

母亲会很认真地把那药给我吃了，所以，一去姥姥家我就得打虫子。后来我想，没让那个卖野药的把我药死，实在是我的命大。

姥姥的家门口就是群众剧场，最早是个戏棚，后来加了围墙，添了座椅，搞得很像个现代剧场了。群众剧场只演评剧，我们家人管它叫落子，说是登不了大雅之堂的。记得当时在剧场演出的角儿当中有个叫鲜灵芝的，还有一个叫吴佩霞的，都是花旦。我看她们演过《秦香莲》《豆汁记》《潘金莲》，似乎还有《小女婿》和《刘巧儿》之类，记不清了。群众剧场是很群众的，它没有吉祥剧院那种压人的气势与严整,有的只是随和与亲切。比如我看到一半戏时想回家抓一把铁蚕豆,喝点凉白开,那么,尽管回家就是了,喝了水,抓了豆回来照旧坐下来看,没人问也没人管。这在其他剧场大概不行。

评剧的戏词大多通俗易懂,与京剧相比更接近老百姓,用现在的话说是更具有平民意识。例如,同是天黑了,评剧就唱:"鸟入林鸡上窝,黑了天。"京剧就该跟人绕弯子了,说:"海岛冰轮初转腾,见玉兔又早东升。"不知道什么是冰轮,什么是玉兔的真能被绕糊涂了,其实就是天黑了。相比较,我更喜欢评剧,我母亲也喜欢评剧。

最让我喜欢的玩意儿是看拉洋片的。一个大匣子,里面装了亭台楼阁的画,也有不少西洋景在其中,匣前有镜头数个,交了钱就可以趴在镜头上往里看,里面的画可以放得很大,如同真的一般。这也还罢了,最吸引人的是拉洋片的本人,手脚并用,锣鼓齐鸣,那张嘴也不闲着,"往里看吧您那又一张,和尚的脑袋他就长出了烟枪……"很多时候那唱词和匣子里的画片对不上号。拉洋片的唱怪声,出怪词,做怪样,能把人笑得前仰后合。有时候,我不看那片,专听他唱,他的唱远比那些画工粗糙的片子好看。现在的小孩儿已经完全见不到拉洋片的了,但我总觉得这个行当失传了真可惜,那通俗诙谐的唱词,来自社会底层,那怪诞夸张的扮相,未张嘴已让人喷饭了，锣鼓响起，嬉笑怒骂，眉飞色舞，令人闻之观之，觉乎听得过瘾，野得牙碜。

那个拉洋片的唱得最拿手的是《大花鞋》，说是跟天桥"大金牙"焦金池学的，是焦的入室弟子。我每回去都盼着他唱《大花鞋》，可他就不唱，他是等人多了，还得他高兴的时候才唱。所以，并不是每次去了都有听得到的福气。

因为听得多了，《大花鞋》那词还略记一二：

"南山有个二姑娘，二姑娘要上庙里去烧香。

衣裳做了十几箱，就剩下一双花鞋没做上。

红缎子买了三十六匹，钢针就买了一皮箱。

十八个裁缝纳鞋底，还有十八个裁缝做鞋帮。

花鞋上绣了一个莲花瓣，绒线就用了四箩筐。

裁缝将花鞋做完毕，十八个丫鬟就抬到上房。

脱下花鞋仔细看，不好！花鞋里挤死了俩裁缝。"

那丰富的想象足让任何一个小孩子着迷，艺术的感受力或许由此而诞生，艺术的表现力或许由此而培养，也未可知。总之，坛口的游艺市场用父亲的话来说是"趋之者多为下流"，用我的话来说，不啻人间之天堂。

我还爱钻到书场里去听成本的《薛丁山征东》《精忠岳传》等等，一天是绝听不完的，要连着听几天，这样，不得已就得住在姥姥家。尽管心里别扭，但为了那勾人心魄的故事也只好委屈了。那时，在我的小心眼儿里不能说没有嫌贫爱富的心思，长在深宅大院，与之相入相化而不觉，到了"穷杂之地"，竟是百般的不习惯，嫌姥姥家破，嫌房里的气味不好，嫌院子污浊脏乱，嫌一帮表兄弟没规矩。我甚至为卖开花豆的舅舅感到羞耻，卖开花豆，这算什么事呀？我竟然会有这样的舅舅！我从不到舅舅的摊子上去，虽然开花豆很香，尤其是刚炸出来的开花豆，对人的诱惑更是难以抗拒，但是，我从不吃它们。有一回，母亲带着我们几个回娘家，刚一进门，我们就要出去，谁也不愿意在那破房子里待。姥姥生气了，骂我们是一群狼崽子。

狼崽子们在姥姥的骂声中，站在院子里面面相觑，龇牙咧嘴，狼相十足。

而父亲，在我的印象中，压根儿就没到姥姥家去过。

不管怎么说，"穷杂之地"给予我的是另一个生活侧面，是小百姓的柴米油盐，是小门户的喜怒哀乐，是高雅之外的平常，是阳春白雪们所排斥的下里巴人，这无形中成了我生命中另一个很重要的组成部分。人们以为我所经历过的就是温文尔雅、雍容华贵，再没有其他了。其实错了。

1994年，我写了两篇小说同时发表在《延河》杂志上，一为《学车轶事》，一为《本是同根生》。《小说评论》的主编李星先生为这两篇东西作了一个短评，他在评论中坦诚地写道："叶广芩好像是要给喜欢概括、喜欢抽象、喜欢将复杂的创作现象简单化的评论者出难题，她故意将大俗和大雅的东西联袂推出，让你难以把握哪个更代表真实的叶广芩？"是的，的确是让朋友为难了。很多人不能理解我何以能写出《学车轶事》这样很通俗、很平民化的反映社会底层的作品，何以就"获得了一个认识社会各阶层真实生活状况的视角，给读者提供一个认识当今市井社会真实面貌的窗口"。我想，这怕是不了解我生活的另一面的缘故。

话又说回来，父母亲的结合，于贫困出身的母亲来说，不是幸福，是个悲剧。

1995年清明，我母亲所出的四个子女将父母的骨灰安葬在北京香山东麓法海寺旁的山坡上。墓地周围满是桃林，那时漫山的树，枝叶未绿，粉艳的花已将半山遮掩。透过花丛，可以看见秀丽的玉泉山古塔和碧绿的昆明湖水。这片山紫水明、景致优美的处所是父亲生前所喜爱的，他在1924年写的一篇笔记中详尽地描述过这个地方。当然，在他滞留于法海寺，陶醉于香山"春云如粉，春雨如丝"的绚丽时，绝不会想到这里就是他将来永眠的墓地。他的另外两位妻子，我们的另外两位母亲大概也知道这里，甚至有可能随父亲来过。家中保存的大量的他们游览西山的照片证实了这种可能。来过也罢，没来过也罢，都已无关紧要，重要的是她们的骨殖并未葬在这里,而早已随着祖坟的失去而荡然无存。在此与父亲合葬的是我的母亲,是那个在叶家多少有些被看不起的"南营房的穷丫头"。这或许是后人难以接受的事实,也是父亲众多子女间不能和睦相处,乃至老死不相往来的原因之一。

在合葬父母的那个温暖的春日,我们将父母的骨灰轻轻放入穴中,与他们做最后的告别。墓穴渐渐封严,透过越来越小的缝隙,我向穴中望了最后一眼,母亲在父亲身后站立着,已昏暗得看不清所以然。

我听到一声重重的叹息,它来自母亲。

谁都有过人生的辉煌,在这鲜花环绕的墓地,我试图找到母亲的辉煌。

这似乎很难。

母亲生时,我曾与她谈论过辉煌的话题,以她的看法,她的定亲与出嫁当是她生涯中最鲜亮的一笔了。

旧时,北京人结婚,堪称繁杂的时期当是清末到民国的几十年,仅婚前的繁文缛节就让人难以——说清。古语有"六礼已成,尚未合卺"一说。"六礼"所含"纳彩、问名、纳吉、纳征、请期、迎亲"。母亲说大宅门的叶家仅"放定"就放了两回,先放小定,又放大定,亲事才算定妥。放大定时,叶家一切按照满族宅门府第的规矩,派媒人与家中掌事主妇来到齐化门外坛口母亲的家中。母亲很为那个放定的队伍而骄傲，那大约也是她一生中头一次看到的属于她的壮观和热烈。叶家是我的五婶妈去放的定，随同五婶妈去的还有二十四个红漆描金的抬盒，由穿红吉服的抬夫们抬着。二十四个抬盒，摆了半条胡同，红了半条胡同，很是惹眼。南营房自明代起就是驻军的兵营，房屋矮小拥挤，邻居多是卖炸回头的、修脚的、戏园子扫堂的、打小鼓的……总之，净是些没见过世面的穷人。街坊们见了这隆重、这排场都以为陈家搁置了多年的姑娘许了个什么大人物，算得上这片姑娘出阁的最高档次了。殊不知，那为陈家人挣足了脸面的排场都是些华而不实的专为让人看的摆设。我好奇地问过抬盒的内容，母亲说有染了红胭脂的活鹅一对，以代替古礼聘娶用的雁。还有花雕一坛，绸缎四匹，如意一个，戒指手镯各一对，龙凤喜饼一双，干鲜果品四碟……在这些东西中，最重要的莫过于"过礼大帖"了。关于这个大帖，我在收拾旧物时竟意外翻出，可惜已被蠹虫侵蚀大半，断句残文，甚难辨认。今聊将可识者录之如次，以为当时风俗之证。

"天地合卺坐帐交冠带面向；

喜神正东迎之大吉；

送亲人堂客土木命大吉；

宜娶送亲人忌猪马牛三相大吉；

宜新人上下轿用辰时大吉；

产妇孀妇毛女不用大吉；

一路逢井庙孤坟用红毡遮之大吉。

……"

说来也是天意，连遇井庙孤坟都要用红毡遮挡的花轿却偏偏忘了遮挡警察，而且是日本占领时期的伪警察。

民国二十八年夏日，母亲身穿大红礼服坐在花轿中颤悠悠地经过齐化门时竟被警察拦住，说是要检查。官事无人敢拗，只好由人去查，所幸检看花轿内部时请出来一个女巡警，女巡警打开轿帘伸进头，将母亲的盖头掀开，惊诧地说："新娘子是个大美人啊！"

母亲向我描述这些的时候已经五十有五，五十五岁的母亲当然早已退出了美人的行列，然而，她那喜形于色的表情却再现了彼时的辉煌。我不能与母亲同乐，自然也不承认那个虚假的辉煌，母亲被恭维做美人的前提是送亲太太偷偷向掀轿帘的女巡警塞了四块大洋。母亲容貌再姣好，出嫁时也已三十二岁，三十二岁的女人在那个时代已是半残的花儿，值不得警察大惊小怪。

母亲的盖头不是被父亲揭开而是被警察揭开，这点也令我不满意，我视此为不祥。从过礼大帖上看，设计得周密严谨的婚礼当是十二分的圆满与和谐，但事实是花轿一进门，母亲便知道了：属兔的、比她大六岁的丈夫并非如庚帖所写"山林之兔，五行属金"，而是"蟾宫之兔，五行属木"。看起来，天上的兔子比山野的兔子高贵了不少,但这一高贵竟又长了一轮,也就是说父亲比母亲整整大了十八岁,而且还有前房的儿女……这些都是事先瞒了的。叶家坑人,实在坑得厉害,简直有些不择手段了。这无疑是因了母亲娘家的穷、没有势力,才敢这样瞒天过海地欺辱,换了别人,大概是不敢。母亲得知如此,当下如五雷轰顶,变得木讷呆傻,连步子也迈不开了。后来,母亲对我说:"为这个我哭了几天,叶家人从南营房请来了你姥姥,你姥姥站在我的床头说,闺女,认命吧。"

母亲就认了命。

但是,事情并没有结束。母亲进门不久,父亲第二位妻子的大儿子、我的二哥便偷偷离家出走了。他离去得坚决又彻底,毫不拖泥带水,义无反顾地走出了这座大宅门,走出了这个热热闹闹的家,再也没有回来。可怜了初为人妇的母亲,她不得不跟着众人到前门火车站去堵截那个执拗的儿子,背着"一进门就挤兑走前妻儿子"的黑锅,踟躇在车站站台上,其难堪可想而知。后来又有话传出,说那儿子是在母亲眼皮底下,大摇大摆地上了火车的,这便将母亲推向了更加难以辩白的窘境……事实是否如人所云,时至今日我也无机会向这位异母兄长问个明白,其实问如同不问,没多大意思,那些远年故事经过时间的磨砺,早已如风一样地散了。

这便是母亲谓之辉煌的婚礼了。老夫少妻,白发红颜,不足相当;豪门小舍,深院陋屋,贫富悬殊。如果说婚礼是一出悲苦戏紧锣密鼓的开场,那以后的日子就是愁烦、绵长的二黄慢板了。

母亲在叶家敛眉就食,俯首觅衣,妯娌们不是内务府官员的格格就是巨商的千金,大宅院里没有母亲的位置,名为太太,实为仆人,连饭也是与佣人在一起吃的。吃不饱饭,饿了的时候就抓一把生米放在嘴里嚼,这情景我记事以后还经常见到。

父母亲不但年龄相差悬殊,文化修养的差异也很大。母亲只看小人书,她对父亲的那些之乎者也不感兴趣。父亲是搞美术的,母亲却不懂画,她只欣赏烟盒上的大美人儿。有一回,母亲教我唱"妈拍着,妈抱着,你好半天没吃了妈妈的乳哇"。大概是妈妈哄小孩子的曲儿,调子很好听。后来,父亲跟母亲有一通好闹。原来,有人听到了,将这件事告诉了父亲,原来母亲教我唱的是《马寡妇开店》里面的段子。《马寡妇开店》是属于淫荡的小戏,流行于游艺市场那样的地界并不奇怪,但进入大宅门已不仅是荒腔走板,而是有伤大雅了。

从此,我再也没见母亲张过嘴,母亲也很少带我们回娘家了。听说那个热闹的游艺市场到1957年以后才逐渐消失。

不去姥姥家的结果是姥姥常来,舅妈也常来。来了都是悄悄的,见了父亲便杌陧不安地陪着笑。她们来的目的是为了向母亲要些钱,母亲没有钱,钱都在父亲手里,所以,她们见了父亲就直不起腰来,眼皮也不敢往上抬。这使我很为姥姥家的人难为情,也为母亲难为情。

很快,我就为自己难为情了。

因为父亲的死,家里的日子开始变得艰难,我无忧无虑的生活也就此打上了句号。

小家出身的母亲不是不会计划,而是无以计划,家中从此靠典卖来维持生计。先是父亲的文物字画,后来是母亲的衣物首饰……母亲不忍与旧物相别,打点完东西就让我提着到委托商行去跟人讨价还价。后来,我写的家族小说里面有不少地方涉及了古玩方面的知识,比如对明清瓷的鉴定、对古玉真伪的辨别等等,有的读者以为我或在收集古董,或是北京潘家园文物市场的常客。殊不知,那闻名中外的潘家园我至今也是一次没去过的。我的古玩知识是通过卖自家物件而获得的,其学费便是难与人言的酸涩、无奈和感伤。今天,也常有朋友拿了市场上买来的所谓古董让我辨真伪,已属游戏性质。他们说:"搁你是一目了然的事,搁我们就是一辈子钻不完的学问。"我开玩笑地跟他们要鉴定费,我说:"知识也是财富,以前体现不出这一点,现在社会发展了,应该给知识以应有的价值体现。我们叶家用上百年的家底才培养出了我这么一个宝贝,价值自然是不低的。"

而在卖家底的当时却远没有今日这般潇洒,母亲从我手里接过卖东西的钱时,那手常常是发着颤的,脸也变得苍白无色。我也觉得悲苦难言,不敢与母亲对视。

1960年,物价奇涨,东西奇缺,母亲的腿肿了,我的腿也按出了坑。街道补助我们五斤黄豆,那是救命的豆子啊!但我们却迟迟没有去领,因为,就是那五斤豆子的钱,我们也拿不出来。

母亲从箱子里摸出了一个鼻烟壶,让我去把它卖了。

那是个乾隆年间的套料鼻烟壶,粉料的底,淡蓝的彩,制作之精美细致,一望便知是出自宫廷作坊的物件儿。这是父亲生前最喜爱的一个,也是最后的一个鼻烟壶了。

我拿着它奔了寄卖店,我要用它来换回那救命的5斤黄豆。

我将那个小壶小心地递过去,在对方接过的同时我注意地看了他的表情。训练有素、老谋深算的古玩商哪里会有什么表情流露给我。他并不看那壶,却说:"你们家又揭不开锅了吗?"

我低低地回答:"是的。"

他说:"你们家没有大人?"

我说:"父亲死了。"

他说:"你妈为什么不来?"

我说:"她要看我的小妹妹。"

他说:"你妈何必死守着,她应该改嫁。"

我看着他,紧咬着嘴唇,一句话也说不出。

他说:"你才这么大,还有小妹妹,你们这么卖东西总不是长事。"

我说:"我妈不嫁人。"

他还说了很多改嫁有益的话,他是什么目的,我不清楚,但我认为他跟我说这些是明显带有欺负人的性质,是欺负我们孤儿寡母,欺负我们叶家无人。情急之中,我大声说:"我有七个哥哥!"

"七个哥哥"保护了我,慑于"七个哥哥"的威力,那个人不敢造次了。

我进一步敲定说:"我大哥叫叶广厚,二哥叶广生,三哥叶广益,四哥叶广明,五哥叶广延,六哥叶广成……"

还没有报出老七的名字,那人已经从柜里面甩出来一元五角钱。

是啊,有七个哥哥的主儿,谁敢惹!

问题在于那个善于算计的人就没想起问问这七个哥哥是不是都是母亲的亲生。

我一路小跑回家,将实情一一相告,母亲听了当下红了眼圈。

母亲说:"你长在贫困之家,要争气,此时咬得菜根,即便他年得志,也不能为绮丽纷华所动。"

我将母亲的话深深地刻印在心底,至今不敢忘记。

钱,没有不行,多了也无益,经我手从家里倒出去的古玩字画何止千万,现在看来,那一切都是虚的,看透了,也就是那么回事。如今再回过头来看财产,真有曾经沧海难为水的感慨。

当时毕竟年纪小,不知世事,将那些脏话带给母亲,使正处于烦恼之境的母亲徒乱心曲。

真是混蛋至极!

然而,我做出的更混蛋的事情还在后面。

1962年,有邻居为母亲介绍了"一个人"。那邻居也是好心,她看母亲带着我们几个孩子是太难了,有心提溜我们一下。只是提起,并未见面,我便将此视为世界末日的降临,外面的人欺负我们,我们可以跟他们去打,但我们不能自己从里面就散了。为了"那个人"我跟母亲有一场好闹,我当着四姐的面大声指责母亲,从四姐的尴尬里我应该完全体会到母亲的难堪,但是我不,我有意地让她下不来台。我内心深处的邪恶与自私,在那件事情中得到了充分的暴露。恶毒至极!

我以绝食来抗议这件事,每天一言不发,坐在廊子上晒太阳,那形象大概与"母夜叉"无异。以后很长一段时间,我们家老七叶广宏不叫我丫丫而改叫"母夜叉",他把夜叉的"叉"字发音故意高挑,以示为我的专有,避免与别的夜叉相混淆。这件在别人看来似乎是无所谓的事,我把它看得过于认真,孩子们当中,也只有我一个人在跟母亲对着干。而我的执拗、我的霸道,在叶家又是出了名的,这就苦了母亲。她几次找人叫我去吃饭,我均不理睬,我的心里装满了愤懑,我不能管父亲以外的任何男人叫爸爸,也不允许毫不相干的人进入这个家庭充任父亲的角色,我的父亲不是谁想当就能当的,叶家的大门不是谁想进就能进的。现成的大宅院,现成的妻子,现成的子女,在我们面前指手画脚地当现成的爸爸,没门儿!

甭管他是谁!

绝食的第三天,我已无力在廊下呈夜叉状,而改为静默卧床。

傍晚时,母亲端着一碗红小豆粥来到我的床前,母亲将粥放在桌子上,搓着手并不离开,明显地她是想跟我说什么。我将身子掉过去,把后背冷冷地摔给了母亲。

半天,我听见母亲声音低低地说:"……那事儿,我给回了……"

泪水由我的眼中涌出,依着我的本意,该是抱着母亲大哭一场,但倔强的我有意不回过头去,以继续显示我的冷淡,显示对她行为的不屑,让她做进一步的反思。

无奈中的母亲,再没有说什么,她……跪在了我的床头。

母亲这一跪,无异于给了我一个响亮的耳光,我实在是个禽兽不如的东西,我知道,我这一刀,直扎进母亲的心里,我对母亲的伤害太大了。为此,我后悔一辈子、内疚一辈子,什么时候想起来，什么时候恨不得把自己揍一顿。让母亲下跪，我成什么了？如果说在以后的日子里我所经历的磨难，是苍天因此而给我的惩罚，那么，我情愿这苦难更深重一些，非此不能减轻我心里的压力。全中国大概再也没有我这么不懂事、不孝顺的孩子了。我今天把这件事写出来，是让人们看到我的丑恶，看到我的卑鄙，我要让所有的人为此而诅咒我，以赎我的罪过。

如果说当初媒人的哄骗使母亲落入陷阱，那么，我后来的这一举动则如同落井下石，是我，将母亲生活中最后一点希望也给掐断了。男女不杂坐，叔嫂不通问，寡妇不夜哭，母亲在沉默中以礼自防，这一切都是做给女儿看的，女儿已经"懂事"了。

"懂事"的女儿考进了北京女一中。

我在学校里的学习成绩是拔尖的，我把对家的爱，对母亲的爱用在发奋学习上。我将来要让母亲过好日子，就必须好好学习，让母亲省心，这是我应该做到，也是能做到的。那时，母亲所生的大女儿，我的五姐叶广芸已经工作，每月给母亲十元钱；三大爷虽也接济一些，经济仍是十分紧张。我和七哥利用暑假打工再挣些钱，他在建筑工地上当小工，我剥云母、拆线头……我们要自己挣出新学年的学费。

愁苦憔悴的母亲变得沉默寡言了，病从心起，病贫交加，更无可诉之人，每于灯昏漏转之时一人独坐床头，呆呆地望着某一个地方，那思路分明已经走得很远、很远。母亲的生命在油尽灯枯的摇曳中苦熬，其情其景之悲，令我至今难以回首。

后来，我由学校分配去了陕西，母亲越发地虚弱了，她说："不到万不得已，不要让孩子们回来。"这孩子们，指的就是在关中农场养猪的我和在陕北插队的妹妹叶广荃。

心血耗尽的母亲在弥留之际保存着最后一口气，她在等待着陕西的两个女儿的归来，她有话要对我们说。那口气足足拖延了三天，那是一种什么样的等待，什么样的毅力啊！世间大约只有母亲才会有这种等待吧？当我和妹妹风尘仆仆地从外地赶回来，扑在母亲的床前时，母亲已经昏迷，已经没有气力说话了。我们千百遍地呼唤着母亲，她没有反应，只有一行清泪由眼角淌下，滴到枕头上。人说这是辞行泪，是临终的人留给亲人最后的祝愿与嘱托，是全部生命的凝结。我料定，母亲的生命凝结里只有悲苦、只有辛酸，母亲的嘱托里只有担忧。

三十二岁出嫁，四十七岁守寡，六十六岁故去，一生坎坷颠踬，艰辛备尝，何曾有过舒心？何曾有过辉煌？

我问七哥，母亲临终到底要跟我和妹妹说些什么？七哥说，母亲所念，只有两个未出阁的小女儿，她反复叮咛，两个女儿将来择婿，一定要门户相当，年龄相当……

为此吃尽一生苦头的母亲是怕了。

春天，我再次去香山基地看望母亲，与母亲的维系已被冰冷的石板隔开，再难触摸得到了。母亲在灿如云霞的桃花中安然睡去，不再为人情冷暖揪心，不再为红盐白米犯愁，她得到了永久的安宁。

我在墓前站立许久，母亲无言，我亦无言。

我要离去了，正待转身，大风忽起，山林呼啸，花雨纷飞如雪，远望近观，湖光山色尽在扑朔迷离之中。风将石桌前的鲜花果品吹乱，风将我的心祭与无数花瓣高高扬上天空。

山大恸，人亦大恸。

母亲好辉煌！

太太与姨太太——老辈故事

无论是当面直呼还是背后指谓,满族人都称祖母为太太,我小时候也一直这么叫,自己未觉得丝毫别扭,因为那里毕竟是北京,是旗人集中之地,我说我太太如何怎的,尽人皆能理解,无一产生误会。

我们家有太太和姨太太二位祖母,太太是旗人,娘家有权势,其娘家兄弟来探望时每次均备厚礼,肃容上坐,气焰逼人。人们称太太时爱在前面加上一"秃"字,我以为是无发或少发,但自从在一张照片上欣赏过伊那满头翠钿与珠花之后便大惑不解,问家人:如此绿云绕绕何以言秃?答曰与祖父口角,一怒之下剪断青丝,因获秃名。祖父崇信释氏,常居寺院不归,尤常去西山潭柘寺,逢有重大节气,寺里也有人来家走动,彼此往来,互有利用。清末,传言潭柘寺出了"大仙爷""二仙爷",且甚灵验,由此京西路上,善男信女接踵于途,酒肆茶棚相挽于路,很是热闹,所谓"大仙爷"与"二仙爷"，实则是两条菜花蛇，被和尚们宠在神龛内，用玻璃罩儿罩住，供人瞻仰，其情其景大约与今日在动物园爬虫馆观蛇相差无几。那两条蛇终日盘作一团，偶尔缓缓移动，吐吐芯子，就算给足了面子，惹得一帮男女受宠若惊，叩首拈香，欣喜若狂。我的祖父最后一次赴潭柘寺即在此时，虽是京城显贵，也给庙里送了不少钱米，不过却也未见受到怎样的热情款待。大寺院的僧人与国家政治有着千丝万缕的联系，其敏锐的嗅觉绝非一般人可比。对于祖父，他们深知此时之爷已非彼时之爷，那炙手可热的权势亦将随着大清江山国势的倾颓而消失殆尽。结果，那漫不经意的冷淡，那推以各种说辞的怠慢，使我的祖父在这座自元代起便名驰遐迩的古刹中生活得并不愉快。加之京城祖母吵闹，姨祖母的推波助澜，祖父愈加不快，矛盾愈加深化。有人传言，祖父去庙中居住，是为了某一小尼。其实潭柘寺是僧寺而非尼庵，潭柘寺附近更无尼众，此类传言纯属子虚乌有。然而我的太太却坚信不疑，着人将祖父拉回家中要他"说个明白"，吵闹激烈时太太用剪刀剪去了头发，理由是既然祖父喜无发之尼，她不如也了却青丝，博祖父之爱。众人畏惧太太刚愎自用的性情，无人敢拦。此类戏剧在这个家庭中并非首次上演，专利权应归乾隆之后那拉氏——本族姑奶奶。在当时，乾隆与她的长期不睦已经众所周知，当乾隆正以中华帝国自得，欣赏自己的"十全武功"时，后院起火，即便是万乘至尊，也不得不急急回銮，关起门来处理家事。后宫内燃起的猜疑、嫉妒之火，使那拉氏将自己一头乌发剪却，与皇帝从此恩断爱绝，再不相亲，以致死后陪葬东陵，也冷冷地远离着她的大行皇帝。或许仿此先例，太太便毫不犹豫地，轻松地将头发剪得乱七八糟，不成模样。这在当时颇为轰动，西城的舅爷带人来家中一通好闹，致使这个家族元气大伤。自此，人们呼太太时往往爱在其前加"秃"字，虽难免有失敬之嫌，但太太乐于接受，她要以此"秃"字与祖父较劲，也与那压根没出现过的尼姑抗衡。这一切我当然没见着，这场纠纷在叶氏家族展开时，我尚不知以何种形式在冥冥中飘荡，当我以人的结构在这个家族出现时，祖父与太太均已作古多时，去了另外一个世界，我见到的祖辈只剩下了姨太太一人。听说姨太太进这个家门的时候貌甚美丽，做饭的老王初见姨太太，竟吃惊地将一摞细瓷碗打碎，那时伊只有二十六岁，届时祖父已是步履迟缓，须发皤然的老翁了。老夫少妻，我难以想象他们之间究竟有多少共同语言，但也正因了这悬殊的年龄，才使我与姨太太在这个家族中得以相见。母亲说，我尚在学爬时便由姨太太看护，那时她下肢已瘫，终日靠在窗前的炕上，观树影的移动，数雀儿的飞落，寂寞无比。我每被母亲放在她身边，她那冷漠的眼神才有了些许生气，对她来说我毕竟是个活物啊。我在懵懂中能有此"善举"，能给一个行将就木的老妇人以喜悦和安慰，这不能不感激我贫苦家庭出身的母亲，感激她之所以为"南营房的穷丫头"才有的善解人意，感激她的爱心与善良。母亲说，每天早晨姨太太都早早地用刨花水梳了头，将身子周围收拾干净，眼巴巴地盼着我了，母亲抱我进屋，先给姨太太请安，再由我给姨太太表演"虫虫，虫虫飞——呀，拉屎一大堆呀"之类把戏，然后才将我放到炕上。母亲用长枕头将炕沿堵了，怕的是万一我掉到地上，姨太太无法把我"捞"上来。堵过炕沿，母亲再为姨太太沏茶点烟，待她抽过几口说：你忙去吧，这才道声：让您受累了，缓缓退出。接下来便是我的节目了，偌大土炕几番纵横爬滚之后便在姨太太的扶持下开始学习站立，而后便会自己扶着窗台蹒跚移动，而后又学会撕窗户纸，捅窟窿，实在无奈了便是哭喊混闹。这时，姨太太就会拿出一些她认为不会使小孩子发生危险的物件给我玩，诸如铸着福寿字的小银锞子之类。据说我当年曾毫不犹豫地撕过一张某皇帝写的斗方，母亲吓得变了脸色，并非认为大逆不道而是视为不吉。姨太太却说，撕就撕了吧，这位皇上也不是中兴时期神强力固的君主，窝窝囊囊的，写下的字有此结局也不为怪，倒是这丫丫有此奇举，将来不知应在什么上。母亲拍打着我说，一个丫头，能怎么样？的确，撕过皇上手迹的我却也并没"怎么样"，倒是随着时代前进迈进了新社会，当了真正的国之主，家之主。我曾问过大伯母，自家人为何毫不避讳地在太太前头冠以"姨"字，且"姨"全然不含血亲之语义，纯属鄙视不屑之口吻。大伯母说，妾终归是妾，到死这个"姨"字也是取不掉的。姨太太出自苏州，并非京师人士，汉人，是祖父从八大胡同的妓院买来的，其家世情形从未听她谈及过，不过从女孩儿时即被卖入娼家，也可见其家境之贫寒悲惨，内中的隐痛想必难与人言。姨太太被买入时，祖父已有四子一女，看来绝非为延续子嗣而纳。有亲戚说，祖父所以敢冒太太之醋雨酸风而不顾，很大原因是倾倒于姨太太那口漂亮苏白和那使人柔肠百转的昆曲。然而姨太太自进入叶赫家门，一改过去做派，敛气吞声，谨慎度日，再不开口吟唱。为此祖父大为恼火，却又奈何不得，很快对伊失去了兴趣，令其独居西跨院小屋。姨太太深知祖父年事已高，难以长久凭恃，太太性情又烈，非容人之辈，遂竭力奉迎几位儿媳，以求在家中立足，其用心之良苦，想来让人心酸。

在很长时间内，太太的刚强猛烈与姨太太的凄婉柔弱成了这个家庭色彩鲜明的对照，响亮京腔与绵软苏白的强烈反差，使得这个家庭的孩子们常常发生语言上的混乱，发生北调南腔，不伦不类的情况。太太在性情上冷峻刚毅，在政治上，在子女教育上也是一点不糊涂的。清室退位前夕，京城有人密传，说袁世凯要将诸皇亲显贵驱进皇宫，关在北五所的空房里，断绝与外界一切联系，不共和便不放人。这一来非同小可，各王公近支纷纷逃避，醇王缩在府中再不上朝，恭王避往日本人占领的旅顺，肃王去了德国人占的青岛，庄王住进了天津租界，大部分与清廷有瓜葛的人也躲进了东交民巷……当时有人奉劝祖父寻地暂避，祖父说，时至今日躲避岂能奏效，覆巢之下焉有完卵？依着旗人的心愿自然盼的是大清国兵强马壮，铁打江山一辈辈传下去，皇上存在一天，大家就跟着享福一天。可问题是眼下要钱没钱，要兵没兵，人心全变，连王爷们都跑了，偌大江山让个不懂事的孩子和女人撑着，孤儿寡母，又向谁要主意去？识时务者为俊杰，只要革命党答应不伤皇上和太后，还是以退位为上策。若是硬抗，京畿地区必定兵祸大起，百姓受害。太后能使江山社稷善始善终，德莫大焉。有人说这番话实则是太太说的，因为祖父那时已病体沉重，昏迷糊涂，病榻之上决说不出这等有板有眼的言辞。总之，究竟是祖父还是太太所发之议论，对这个家族已无多大关系和实际意义，事实上，精明的太太早已将她的儿女作了安排，留洋的留洋，学工的学工，除了大爷从政以外，三个儿子均各有所长，与一般只知提笼架鸟熬大鹰的八旗子弟拉开了距离。太太的逝去正如她的性格一样，干脆利落，不拖泥带水。据说伊一日正坐在炕桌前抽烟，大爷将荣获袁世凯所授文虎勋章的事说与伊听，太太接过那张证书，视之良久，未发一言，最终用手点了点那上面的字，要说什么都未道出，就溘然去世了。有人说是乐极生悲，因喜而伤心，但更多的人说是气的，长子为袁世凯谋事，已为不肖，又弄出个什么勋章来，气也把老太太气死了。我去年回京省亲，七兄把这张证书拿给我看，这是太太临终时的症结所在，我企图从这张极平常的文件中寻出那位经历过改朝换代的祖母的思绪，但是没有做到。

儿时我曾听父亲和三大爷谈论过他们的母亲，如何有胆有识，如何怜爱他们，如何含辛茹苦，如何是巾帼佼佼者，但我从未听他们谈过姨太太。有一回我指着西跨院的小屋问他们姨太太是不是像人家说的那样漂亮，他们说，姨妈么——她自然漂亮，丑夫人俊太太啊。我注意到了，他们对姨太太称"她"而不是"怹"。"他"与"怹"在老北京人口中正如"你"与"您"，是很有分寸，很有讲究的，不可随便乱用。父辈们对姨太太称呼的一字之差，使我对姨太太在儿子们心中的分量，在这个家族中的位置一目了然。母亲说，姨太太不知害了种什么病，晚期十分可怜，口腔里的肉一块一块往下掉，全身糜烂，体无完肤，脓血满炕，污秽不堪，除了我的母亲送茶送水，去照顾外，西跨院终日无人迈进。最后几日，姨太太拼着力气向人哀求：疼啊——来个人哪——看看我——没有人应声，没有人去，更没有医生到来，致使这位在这个家庭中做了几十年姨太太的江南妇人在凄苦孤寂中带着对人世的无限嫉恨与绝望愤愤离去，死不瞑目。每次回家，望着几经易主的西跨院小屋，我都在心的深处为那位曾爱护过我的姨太太而心伤，甚至产生过将她的故事讲给今日之新房主听的冲动。细细一想，摇头作罢，今日之人谁肯倾听一个数十年前毫不相干的老女人的故事呢？就逝世这件事来说，姨太太较太太也是受尽痛苦与煎熬的，这大约就是命了。至于她的陪葬，更不能与太太相比，一口薄棺，四个杠夫，棺内除了她用过的水烟袋再无其他，连衣裳也是旧的，那双脚因肿烂而无法穿鞋袜，便光着……就这，下葬后不久的姨太太又经受了另一次劫难，墓穴被盗，骨错尸移，惨不忍睹，对此我不再赘言，那是我另一篇文章《祖坟》里的内容了。我曾探询过姨太太姓名籍贯，全家数十口，竟无一人说得出。只是我的母亲告诉我，说有一次姨太太跟她提过，说在家作女孩儿的时候小名叫"随风"。我总觉得这个名字太怪，不像人名，特别不像女孩儿的名字，问母亲是否记错，母亲说绝对没有，是姨太太亲口说的，"随风，而不是什么别的。"尽管母亲很坚决，我总认为百余年前人的名字，口误总是有的，况且姨太太又是南方人，"风""凤"未必分得清楚。及至不久前我读清末某人笔记时，见到有"珠玉随风""书香满纸"二句，才猛有所悟，能以"随风"二字为女命名者，必是书香门第而非一般草舍人家，既是如此人家，为何又使女儿落此下场？这个谜至今难解，怕也永远解不开了。

两位太太已随着祖父连同他们的时代匆匆走去，留给后人诸多的思索与遗憾，望着他们的背影，我在想，我连同我的时代不知将给我的后人留下些什么……

旧家拆迁杂感

北京市城建改造的速度让我吃惊，今年年初回家还在东城的老屋与老七聚首，喝着专门从东直门打来的豆汁，吃着青豆羊油炒麻豆腐，听着小孩子一声声"姑奶奶"的喊叫，八月再回来，老旧的宅子便荡然无存了，变作了一片瓦砾场，变作了一片拾掇不起来的苍凉。

"回廊四合掩寂寞，碧鹦鹉对红蔷薇"，那经过锤炼的美丽再难寻觅了。我居住的老宅是一座带花园的三进四合院，前庭有海棠丁香，后园有柳树榆树。前廊后厦，磨砖对缝，青石台阶，朱红漆柱，体现出叶氏家族昔日的殷实严整和传统的生活情趣。叶家的十四个孩子曾经在这里出进盘桓，哭笑玩闹，争打吵斗，几无一刻安宁，我的兄弟姐妹们在这里演绎出了多少故事，生化出了多少情感，数不清了。默默无语的院落，百余年来容纳了太多的欢乐和辛酸，太多的浮躁和沉重……

也就是今天吧，随着文化环境的宽松，随着人民对传统文化的进一步理解，这座宅院和这些人成了我创作的不尽素材，成了我的作品中一道深厚的文化背景，那些陈年的人和事，如久存的佳酿，不绝如缕，由那尘封的坛子里冒出，让人心醉。如今，院子没有了，人也早已四处分散，空剩一片旧址让人伤感。我想象着最后的留守者老七离开这里的情景，步履蹒跚的老七拄着杖一定在大门前伫立了许久，这个家族也只有他，有缘分和这座老宅告别。

北边的拆迁还在继续，墙壁倒塌的声音不绝于耳，我站在夏日的骄阳下，在暑热中寻找昔日失落的阴凉，狗一样在废墟上寻嗅，寻找家的气息，寻找那落于砖头瓦块中记忆的丝丝缕缕。两个逃避午睡的小孩子，在树荫下远远地看着我，一脸的不解。他们是胡同里谁家的孩子，谁的后代，我不知道，也不想知道，对他们来说这里或许比游乐场好玩，他们只是因了这断壁残垣而兴奋而新奇，跟我完全是两种心态。东面环城路上车来来往往，嘈杂烦乱，现代气息的声浪阵阵逼人。原本这里是条静谧的深巷，房拆了，遮挡没有了，就显得空旷而直接，就有了抬头见南山的突兀，有了光天化日的惶恐。让人感到历史进程的脚步，迅猛、粗犷，甚至有些无情。

我们毫无办法，我们别无选择。

屋的残骸中，有棵枣树伸出怯怯的荫，张开弯曲的枝，召唤着我，我走过去，抚着它粗糙的满是尘埃的干，心里涌出无限留恋。"庭树不知人去尽，春来还发旧时花"，枣树的枝头已经结出了青青的小枣，即便到熟，它们也是那种既不甜也长不大的极普通的枣，这种没有经过调教的枣树，北京城的老院子里，几乎家家都有。

枣树的年龄比我大，日本占领北平前夕，我的父亲领着儿子们在后园挖防空洞，在洞口的位置，突然发现了一棵小苗，本可以一锹铲了它，三哥却生出恻隐之心，跟父亲商量将它留下。于是它就留下来了，并且一天天长大，像要急着报答谁似的，匆忙地结出了许多丑陋的小枣，年复一年，从不间歇。

如果说是父亲和三哥保留了它的生命，那么我便是对它最为关注的伙伴了，我们成了这座宅院里最相得益彰的一对物件。爬树的本事就是在它身上练就的，它细嫩的枝干，不知经了我多少回的上上下下，我对它每一个突起，每一个分权的熟悉，就像我自己的胳膊腿。有一回光着脊梁在树上摘枣，遭到父亲呵斥，慌忙中抱着树干滑下，整个前胸被划得鲜血淋漓，母亲心疼得掉眼泪，说一个小姑娘家弄成这样怎么得了，责备父亲不该那样凶狠地呵斥我。父亲说全北京也没见哪个姑娘光着脊梁在树上坐着，荒腔走板得过头了。母亲气得一天没理父亲，让老七带着我上医院去抹药。老七领着我出门就把钱买了洋画，在胡同口刘太太家给我抹了一肚子紫药水……我挺着一个紫肚子进了家门……

现在,父亲不在了,母亲不在了,三哥也不在了,枣树还在,还倔强地站立在废墟之中,承载着它的感激也承载着无人能记起的紫色肚子……

一片碎瓦在我的脚下滚动,竟然发出了清脆的金属般的音响,让人的心猛地一颤。我弯腰将它拾起,沉重得如同拾起了整座屋宇。雕花的滴水瓦应该是第二进堂屋檐上的旧物,质地坚硬,击之如石,有着音乐的素质。百年来,高高在上的它饱受了戏曲的浸润,看遍了生旦净末丑的表演,称得上是老戏迷了。在我的记忆中,每日晚饭之后,是父亲领着他的一帮子侄们消遣的时光,他们常坐在石榴树下,金鱼缸旁,拉琴自娱。家里的女孩们从来充当观众的角色,宁可让五哥男扮女装唱青衣,我们也不张嘴。叶家敢站出来当众唱的女子只有两个,即大姐和我,大姐叶广英是真唱得好,她有一副好嗓子,好身段,直到老了,还能在她所在的大学演沙奶奶。我是属于起哄一类,大言不惭地吹自己是"谭派",唱的"昨夜晚吃酒醉和衣而卧"一遍跟一遍不一样,哥哥们背后戏称我是"痰派",母亲当面说我是"人来疯"。家庭的戏曲娱乐是一种潜移默化的艺术熏陶,是一种渐渐的艺术积累,我写过小说《谁翻乐府凄凉曲》,凭借的就是家庭的戏曲场面,正因为有此感受,写起来才觉得得心应手,不觉为难。

五十年代,哥哥姐姐们都成了家,搬出了老宅,父亲也去世了,"家戏"再难凑得起来。过年哥哥们来看母亲,谁跟谁在母亲这儿遇上了,偶尔还唱一出,但人已不齐,也没了伴奏,而且他们一唱还引得母亲伤感,后来索性不唱了。后来,我和四哥将那些锣鼓家伙用平板车拉到废品站,按废铜烂铁卖了。那个鼓人家不收,拉回来就扔在院子里,风吹雨打,散了架……

东城这一带要拆迁的事北京早有风闻,只是没有想到这样突然。我原本想将家里尚存的弟兄姐妹们聚齐,在老屋前做最后的合影留念。我知道,在叶氏家族中能够做这件事的只有我,但我却没来得及。我的那些七零八落的手足们现在依然七零八落,如同眼前地上散落的碎砖,再也收拢不起来了。母亲活着的时候这里是个据点,母亲死后这里是个念想,是个象征意义的家,虽然只有老七在这里住着,虽然院落已被分割得面目皆非,虽然芍药台变作了下水池,游廊扩作了小厨房,但老宅的气质是无可改变的。每回我由大西北回来,一走进院落,就闻到了熟悉的气息,这是家的气息,这气息无时无刻不在这个家族的各个角落存在着,时光荏苒,世事更迭,却仍旧顽强执拗地存在着,熏染着来到这里的一切人和物。在外面,不管我是什么角色,有着怎样的荣誉与委屈,一进门,浑身的燥热便立即褪去,沸腾活跃的思考也仿佛化为固定的符号,在脑海中淡化、隐退,浸来的是淡淡的哀愁和悠久的凝重。我惊叹角色的转换竟会这般快捷,惊叹这几十年风雨的浸淫对我无多的改变,是的，从这里走出去的哥哥姐姐们极少再回来过，我与同父异母的哥哥也大约有三十多年没见过了，这个家族留给我们的唯一遗产，就是冷漠。除了血缘上的连接，再没有别的。只有我，还自作多情地在这片碎砖中蹚来蹚去，还做着废墟上大团圆的美梦。

文人的气质，多么的幼稚可笑。

这里将要建成整齐划一的居民小区，老七是否搬回来我无从知晓。即便回来，这里也不再是我的家，我的家永远消逝了。我在一块砖垛上坐下来，身边塌下来的纸棚下隐约露出了砖墁的地面，这是母亲住过的小西屋，一场特殊时期过后的日子里，她在这间不足十平方米的潮湿小屋里带着一身病痛苦苦煎熬，我离家奔赴大西北就是在这儿和她告别的。我走的那天早晨，母亲没有起床，脸朝着墙躺着……

至今，我仍在西地游荡，京城熟识的朋友说，落叶归根，你应该回来了！我苦笑着摇摇头，他们怎知我内心的酸楚，走出去了便就走出去了，何必再撩起心内的阵阵凄凉。老宅的消逝，也是好事，断就了回首的苦辣酸甜，成就了"一为迁客去长安，北望京师不见家"的潇洒，弟兄们失去了老宅的撕扯牵绊也是一种轻松。其实，家只是在心里。

可爱又苍凉。

我十岁那年①

新中国成立十年我十岁,是五十年前的话了,转瞬已是六十,人生的路已经走了大半,共和国却依旧年轻。

六个十年,每一个十年都有说不尽的故事,每一个十年都有难以忘却的瞬间。作为一个普通北京市民的孩子,我是随着解放军入城的脚步而来的,1957年上小学二年级,加入了少先队,那时候入队要写申请书,少年的我崇尚英雄,就把话说得很壮烈,很辉煌,在作业本撕下的一张纸上用铅笔重重地写了"要为解放全人类而努力奋斗"的决心,自己对申请书很满意也为能写出这样的话而激动,具体表现是把半条胡同扫得干干净净,那是出自真心。既然承诺了就得努力,收班费、安排扫除、帮助军属、排演"六一"节目,很忙,走路都是一路小跑,街坊跟我母亲说:"你们家这孩子

---

① 原文标题为《建国十年我十岁》。

将来是当干部的料",可惜到后来我并没当干部,而是当了作家。

小学时唱得最多的歌是"少年先锋队队歌",歌词是郭沫若写的:

我们新中国的儿童,我们新少年的先锋。

团结起来继承我们的父兄,不怕艰难不怕担子重。为了新中国的建设而奋斗,学习伟大的领袖毛泽东。

……

在星星火炬的旗帜下,这首歌每每唱起来都心潮澎湃,感到自己和国家紧紧地连在了一起,和周围的小伙伴们紧紧地连在了一起。后来队歌改成了"我们是共产主义接班人","我们是共产主义接班人"是电影《英雄小八路》里的主题歌,因为是合唱团成员,我也参加了这首歌曲的演唱,唱的是低声部,高低音重唱合在一起是很好听的,雄壮而有力,这成了我最喜欢的一首歌。前年跟几个小字辈去唱卡拉OK,我不习惯听他们那些沉吟的自恋之歌,让其中一个跟我唱"我们是共产主义接班人",他唱高音我唱低音,谁想那小子竟然张不开嘴,结果只有我一个低声部在唱,小字辈说我是"跑调",只恨他们少见多怪!

十岁的时候活得很充实,超英赶美,为1070万吨钢而奋斗,内心的豪情高过万丈,凡是与铁有关的物件都捐到学校了,三年级的小孩子谁也不甘落后。记得有个同学,把他妈妈的剪刀捐了,他妈妈找到学校,说是正手使的东西……那神情尴尬极了,像犯了错误的模样,把我那位同学搞得很没面子。老师领着我们到东直门城楼上去捡废铁,我捡了一个长满铁锈的圆头大钉子,足有一两重,老师说许是明朝的物件,我很自豪地把"明朝"扔进筐里,"明朝"后来和许多铁一起变作了一个模样甚不清爽的金属疙瘩,老师拿着让我们看,但是我总是想着"明朝",一直到今天也没有忘记。

十岁时,我们忙,家长们更忙,忙着向国庆十周年献礼。北京的建筑行业首当其冲,最有名的是十大建筑,即人民大会堂、历史博物馆、军事博物馆、北京火车站、民族宫、农展馆等等,这些工程牵动着北京人的心,也牵动着我的心。我住在东城,离得最近的要数农展馆了,星期天和几个同学相约了去看建设中的农展馆,没钱坐车,全是步行,早晨出发,回到家已是晚上九点了。一天没吃饭,一天没喝水,尽管疲惫却很兴奋。第二天一到班上,我们几个简直成了英雄。大家围着我们问长问短,要知道那个时候是没有电视的,报纸也不是谁都能看到……农展馆是重要的,但我们更瞩目的是人民大会堂!那座建设中的神圣殿堂在我们的心中有着崇高的位置,任何建筑都不能替代。能进入人民大会堂不但是我们,也是全国人民每一个人的心愿。

北京的孩子是得天独厚的,这个愿望没过多久就实现了。建国十周年,也是少先队建队十周年,站在高高的穹顶下,我望着头顶的大五角星，怀疑自己的幸运，竟然不相信这就是真的！

我至今还能背诵少先队建队十周年的朗诵词：

　　十年，幼苗长成大树，

　　小河变成巨流，

　　建国十年我十岁啊，

　　我和祖国一同成长！

　　……

那是十岁生命一个刻骨铭心的记忆，而后过去了一个十年又一个十年，到今天回想起"要为解放全人类而努力奋斗"的话语，更感到了内涵的深远厚重，人类的解放是身与心的舒展与放飞，包括别人也包括自己，为此努力奋斗是值得的，特别是一个作家。

第二章 文学点亮一束光

天地有大美而不言，民间有很多我们在热闹与喧嚣中感悟不到的真谛，保持正常的生活态度，保持性情的平淡，文章的平淡，那才是将人做到了极致，将文做到了极致。

走进文学

1974年秋天,我被调回了西安,回到了原单位。

我在医院里做护士工作。

我刻苦钻研医学,努力做个好护士。

没有朋友,没有知己,没有话语。虽然回来了,问题并没有解决。人们看我的目光不是平视的。单位组织基干民兵,我被排斥在外,有的人嫌训练艰苦,领导就指着我教育那个人:"这基干民兵不是谁都能参加的,你应该珍惜,比如她,想参加我们都不要……"于是,那个人就变得十分坚定。

这样的事情要在以前,我会觉得人格受到污辱,会悲伤得掉眼泪,但现在似乎有了改变。人格是生活演进而来的,人在生活中认识了社会也认识了自己,环境给予生活以丰富的内容,给予人以深刻的思考,思考使人变得清明与自觉。在生存的河流里,一直让自己不下沉、不随波逐流,这便是与罗敷河相伴给予我的启迪。

面对纷杂的人生,我能坦然相对了。

年龄已近三十,谈了两个对象,均以失败告终。

失败的原因也如出一辙的相似,男方单位对我的审查通不过。那时的男方也都很听话,单位通不过便自动终止了关系,没有谁为此事提出什么异议,更没有谁说出这辈子娶不到我就要抹脖子上吊这样很慷慨的话来。检讨自己,审查不过固然是一个原因,恐怕很大程度上与我的孤傲、冷淡有关。人说"失恋"是痛苦的,我常问自己"痛苦吗?"回答自然是否定。的确,没有"恋"也就谈不上"失","扒堆贱卖的菜"并没有因为回到城市而摆上货架。

1978年,面对着最后一次的高考机会,我束手无策了。我被领导通知,不能参加。也是,那时我的各项情况不容乐观,上大学这样的事情是要没有一点瑕疵的人去的。因此,单位只走了一个上医学院的,我照旧留在传染科病房。

病房的日子如复印机印出的一般,一页页地翻过去了。

眼看着多少生命在我的注视下悄然离去,那些离去的生命对我灵魂的震撼是刻骨铭心、难以忘却的。我至今常常想起那些与我擦肩而过又归于冥冥之中的生命,想起他们起步的刹那以及留给生者的思考,从而感到了生与死连接的和谐。

……儿子守在母亲的病床旁边,一刻不敢离开,谁都知道这位母亲也就是今、明两天的事了。儿子大学才毕业,是独子,脸上还带着未经世事的稚气；母亲患了癌症，已经扩散，无药可治。疲劳不堪的儿子三天没有合眼了，母亲插着氧气在艰难地喘息，母子俩都怀着依依难舍的心情紧张地等待着那一时刻的到来。望着这对母子，我想起了自己，想起了在医院里初听到母亲身患绝症时的悲伤与绝望，想起自己没尽的孝心。似乎历史又在重复，这使我分不清守在床前的究竟是我还是那个大学生，病床上躺着的究竟是陌生的老妇人还是我的母亲。中午，儿子去食堂买饭，我来替他守护。母亲一阵躁动，继而用目光寻找着什么，喉咙里发出呼呼的声响。我赶紧凑到她跟前，那目光已在失望里定格。

儿子回来了，母亲的一切都已经结束。儿子大叫一声扑过去，将那些撤下来的管子不顾一切地使劲往母亲身上插。

撒在地上的中午饭深深地印在我的脑子里。

……她的年纪不轻了，她说她不怕死，怕的是走之前的孤独。

我说："到时候我会在你身边的。"

她说："我怎么会知道你在呢？那时候我怕都糊涂了。"

我说我肯定在。

她说："都说人死的时候，灵魂与肉体会分离，悬浮在空气中，我想那时候我会看见你的。"说到这儿，她就去看天花板，又说"要是那样我就绕在那根电线上，你看见电线在动，就说明我在向你打招呼呢。"

我笑笑，把这些看作是病人的遐想。

她临终时我如约来到她的床前，她没有反应，其实她在两天前就已经昏迷。

她死了，我也疲倦地靠在椅子上再不想动。无意间抬头，却看见电线在猛烈地摇晃。

窗外下着雨，还有风。

……他是我的同龄人，才从部队转业回来不久，分在外科，后来，又来到了病房。闲下来，我们常在办公室里面对面地聊天。他很强壮，爱看小说，有些多愁善感。有一天，他在为一篇小说里的情节掉眼泪，那是一本刚复刊不久的《延河》杂志。我看了那小说说："为这伤感太不值得，这样的文章我也能写出来。"

他说："我不信。"

我当下就把杂志的地址抄下来，让他等着瞧。

三个月后，我的第一篇小说《在同一单元里》发表了。不能说这不带有游戏性质，缺少创作的伟大与庄严，在给文学爱好者们讲创作动机时是要严格避讳，不能实话实说的，但人生这个问题实在是没有轨迹、深奥莫测的。总之，各种各样的情况和各种各样机遇的无穷无尽的组合是极其复杂的。世界上的大事都很简单，都一目了然，但人生命运的转折有时却要由很琐碎的细节才能解释，而这个解释往往和结局又完全的对不上号。

英国著名作家萨克雷说:"人生一世,总有些片断当时看着无关紧要,而事实上却牵动了大局。"我拿着载有我的文章的《延河》杂志站在病房里黯然神伤,那位等着看我写出小说的健壮同行却永远无法看到它了,他于一个月前患急性肝坏死而匆匆地走了。

我想我这篇小说是白写了,它没起到它应该起到的作用。

干医务工作,这样生生死死的事情接触得实在太多了,它们都很平常。有人说,巨大的悲恸是戏剧家的夸张,而我们所遇到的都是平庸。这话我信,但正是在这平庸的司空见惯中,蕴含着一个个你我都要经历的故事。我们无法对它加以评论,我们只能顺其自然。生命是美好的,生命同样也是艰难的,这是我十余年医务工作的感悟。俗话说:"未知生焉知死",我想它应该倒过来理解"未知死焉知生"。

在那篇很不像样的小说发表的同时,我接到一个叫"路遥"的编辑写来的信,他在信里称赞了我的作品,说它老到、文化韵味浓,说它很有文字功底,他在信的末尾忍不住问了一句:"叶广芩,你究竟是个什么样的人?"我当时认为这是编辑的好奇,现在想那应该是作家的好奇。

但我对文学却没有那么多的好奇,发表了一篇小说,目的已经达到,以后也再没有继续写下去的想法。至于那个"路遥"天知道他是谁,他问我是什么样的人,我是不能说的,一旦将我的一揽子

"情况"告诉他，不把他吓翻才怪。多一事不如少一事，对路遥那封热情洋溢的信我没有理睬。很快，那信连同那第一篇小说便被扔得不知去向，再也寻不着了。我没有搞文学的志向，我也不想往这条路上钻，尽管那时伤痕小说被新复刊的各类杂志轰炒得糖炒栗子般，又香又热。

大概是《延河》编辑部觉得发现个新作者不容易，他们来通知让我参加1980年省作协举办的为期两个月的第四期"读书会"，其中不乏有路遥想知道"叶广芩是什么样的人"的想法。

因一切费用均由作协出，我们单位对此不好说什么，加之又新换了领导，便开了绿灯。同意我参加读书会。应该说，在走向文学的道路上，他们的确是着着实实地推了我一把。

但我不知道文学是什么。

我当时已经结婚，刚刚生了一个女儿，我是一门心思都在丈夫和孩子身上。我对文学没兴趣，我只想平平安安过小日子。我已经筋疲力尽，再也经不起任何风浪了。

我死活不进读书会。

丈夫说机会难得。

他在一篇《误入·悟出》的文章里写过当时的情景："广芩这个人一向优柔寡断、稀里糊涂，看似刚毅果断，其实不然。那年，陕西作协通知，让她去小雁塔解放军政治学校招待所参加为期两个月的读书会,她竟不愿前往,直至报到最后一天的下午5点钟,才被我拖到招待所去。办理报到手续诸事均由我代理,总算将她送进所住房间。临走,她又要跟我回家,问其究竟,据云看见那些'读书会'的人害怕。所怕者谁?盖指同居一室的作协创联部的黄桂花和陕西人民出版社的编辑李佩芝等人是也。在招待所大门口,我将她教训一番,如此婆婆妈妈能成甚气候,实是不堪雕琢的窝囊废。她却说她无心致力于文学,写那篇小说,发那篇小说均属一场误会,因了这场误会,才使得她来到这种令其尴尬的场合中。她说,别人都是大家、名家,唯她一人滥竽其中,众目之下实在难堪。我赌气而去,走到街口拐角处,回头望,见她仍在雨中的路灯下站着。我想,这个文学的大门对她何以如此难进,真不可思议!"

我丈夫的这篇文章自有他大男人思想的偏颇,而我内心深处对文学的恐惧是难以用语言表达清楚的。一帆风顺的他哪里能理解我的心!

在学习班里,我不得不直面了文学。

那个班里,有当年还是农民的王蓬,有专业作家韩起、文兰和马林帆等人,大家在一起谈诗论文,这使我常常想起在罗敷河边分手的郭、浏两位诗人,想起他们的激情和才气。王蓬、韩起们,也就是说读书会的所有学员都是省作协会员,只有我是只发表过一篇小说的门外汉,大家奇怪以我这样的"资历"怎么会混进了众多文学爱好者梦寐以求的读书会,我只能一而再、再而三地解释是"误会"。开会时我从不发言,缩在不引人注意的角落,每天都盼着读书会早点儿结束。

《延河》编辑部的编辑常来看我们,我知道了他们中有王晓新、有路萌、有董德理……

我问路萌他是不是又叫路遥。

路萌说路遥跟他是两个人,彼此没有亲属关系,那个路遥比他年轻,是在全国得了奖的著名小说家,陕北人,这次没来,下去体验生活了。

我感到庆幸,好像路遥的不来对我是一种解脱。

但来了一个比路遥还有名的大作家。

那天,我接到一个电话,对方在电话里说他是杜鹏程。

我说你别开玩笑。

他说:"我就是杜鹏程,老杜。"

我说要是这样我得管您叫"杜老"。

我不知道有什么事情,杜老说让我下午到他家去,他要跟我谈谈我在《延河》上发表的那篇小说。

我想我那一篇东西招来的事儿真不少。

我先找到作协。又找到杜老的家,那是当年高桂滋公馆里面的一个小平房,很简陋。我到时,杜老午睡才起,他穿着一件中式黑棉袄，个子不高，一个不起眼儿的小老头的模样，与意想中的杜鹏程相差甚远。我中学时读过杜老的《保卫延安》，印象颇深，其中的部分章节还被收入到小学课本。文中"延安，周围是山，延河绕城流过，城东的宝塔山上耸立着雄伟的九级宝塔……"等段落至今仍会背诵。那时我的心中，杜鹏程是个大作家，是个遥远的、不可触及的人物。现在，这个人就实实在在地站在眼前了，真是不可思议啊！想来是文学把两个本无关联的人连在一起，将彼此相隔的无数万水千山化解为一个点，这个点就是陕西省作家协会。更确切地说是协会的这间狭小的平房，这个温暖的、阳光充裕的冬日的下午。

我说了我是谁。

杜老说："你原来这么年轻，看文章我以为你有50岁了，看你的名字也不像个女的，你是搞文字工作的？"

我说我是医院的护士，我从没写过小说，这是第一篇。

杜老说："你怎么就想起写小说了呢？"

我说有一天我看见我的一个同事在为《延河》杂志上的一篇小说流泪，就说这样的小说我也能写。就写了，发了，我那位同事却死了。

杜老说："这篇小说写得不错，但问题也不少，我今天叫你来是想跟你交换一下看法。"说着将桌子上的杂志拿过来，递给我说:"我已经将它们改过了。"

我看到,我那篇小说果然已被老先生用铅笔做了密密麻麻的修改。

那天,整整用一个下午,杜老为我分析我的小说,哪里应该埋下伏笔,使后面的结局才不突兀;哪里对人物的心情加以渲染,可以得到事半功倍的效果;哪里用的词应该再温和些,才不显山露水……

我很感动,作为一位文坛巨匠,花这么多时间给一个只发了一篇小说的业余作者讲论文学,而且这个作者还时时做着打退堂鼓的念头,这实在只能用"诚挚"两个字来解释了。

望着杜老那花白的头发,那略带浮肿的脸庞,我想要是以后搁笔不写了,从杜老这儿就说不过去,会使他失望的。

那天临走的时候,杜老说:"你把我改过的这本杂志拿走吧,将来你还要发很多文章,还要出集子,那时候,你就把我帮你改好的这个收进去……"

老先生连将来出集子的事都为我想到了,我感到惭愧。

我现在回过头来想,当时的杜老以他老作家的敏锐眼光看出了我存在潜力的同时,也看出了我的犹豫,他用这种方式给我以鼓励,将我引入文学殿堂的大门,以致后来我加入省作协、加入全国作协也都是杜老热心推荐的。初入文学之境便遇良师,这是我得天独厚的福气,是机遇对我的厚爱。文学青年众多,并不是谁都有我这般的幸运!

后来,真应了杜老的预言,为出集子,我将二十年前的那篇旧作翻出。有了一番写作经历之后再阅处女作,简直有一种"惨不忍睹"的感觉。构思粗劣直白,文字幼稚肤浅,读之让人背芒面赤。而杜老之批改历历在上,品味那些修改,细密周详,既为我藏拙又不露斧凿,哪怕一个词的细微改动都蕴含着深刻的艺术道理和人生追求。老一代作家对年轻作者的爱护与扶植渗透在字里行间,老一代作家对文学事业的完美追求和无私奉献也渗透在字里行间了。

由老一辈对我,我知道了该如何对别人。所以,在后来的编辑生涯中,我不敢有丝毫的怠慢与掉以轻心。尊重别人的人格,尊重别人的创作,文品与人品相比较,人品更为重要。

自第一篇小说之后,我连着又发表了一些作品,在陕西的文坛上有了一点极有限的名声。20世纪80年代初,我的"问题"终于得到了公允的解决,1983年我调到《陕西工人报》副刊部,主持副刊的工作。不久,我加入了中国共产党。

接下来我就到日本去留学了。1991年,在一个秋雨绵绵的早晨,我收到西安杜老的爱人文彬大姐的信,说杜老已于10月27日去世了。读罢信,我头脑轰然,恐仓促看错,细读再三,字字无讹。当时,班里有五名中国留学生,消息立时传遍,人人黯然。那节课老师讲了些什么，我一句也没听清。

回国后急奔杜家，见房屋依旧、陈设依旧、气氛依旧，室内独不见先生。望着墙上杜老的遗照，想及当时为我分析修改文章的情景，不禁情难自已，泪如雨下。

杜老是我文学的引路人。

在作协的新春茶话会上，我第一次见到了我那篇小说的责任编辑路遥。

一个黑脸的汉子在我身边坐下，他看了我半天，伸出手说："我猜你就是那个叶广芩。"

那一口陕北话，土得能掉渣。

我说我是叶广芩，我问他是谁？

他说："路遥。"

我说交道打得早了，现在才见面。

他说："相见不晚。"

我们就都乐了。

他说："你姓叶赫那拉？"

我说那是过去，辛亥革命以后我们姓叶。

他说："搁皇恩浩荡那会儿我见你怕不会像现在这么容易。"

我说："见你这个大作家也很难，你现在是社会名流了呀。"

他说："我不是名流是杂种，是蒙古人和汉人在陕北的杂交。"

我说:"就跟我在农场锄的玉米陕丹一号似的。杂归杂,但是,高质高产。"

彼此好像都没有太多的正经。

我们第一次见面的谈话基调似乎决定了以后交往的随意;与跟杜老接触不同,我与路遥从没有谈论过一回文学创作,偶尔在会上与他见面,常是互相"砸",以博彼此一笑。我白天编报纸,为别人改文章;晚上是点灯熬油地自家创作,这一切常常把人搞得呆傻木讷,两眼僵直,由此便悟出彼此不谈创作的原因,见面几句幽默机智的调侃,那是难得的身心放松。

日本有个专门研究路遥作品的年轻女学者,叫吉冈由纪。一天,她和一个日本青年来到我的家,要见见路遥。路遥来了,大家在一起喝酒。那个日本男青年头一天在电视台得了个外国人唱中国歌的大奖,很有些小得意,就在饭桌上把获奖歌曲又唱了一遍,果然是不错。

路遥说:"你唱中国的,我就唱日本的,我唱《四季歌》咱们交换。"

我直咧嘴,示意他别露怯。谁知土里土气的路遥竟把它唱下来了,调子相当准确,四段词一段不少。我问他何时会了这个,他说早就会。

那天,我录了音,除了《四季歌》以外,他还唱了不少陕北民歌。

我常想,在当年那条拥挤的文学小路上,我之所以能蹒跚前行,没有半途而废,当与这些文学的导师和朋友有关,没有他们的扶植与拉扯,我大概是另一种样子了。

以后我出国,去向路遥告别,他对我的走很惊奇,扎着两手说:"你真走?"

我说真走。

他问:"还回不回?"

我说怎么能不回?

他说:"我想你也得回,咱们这种人在外头待不住,人家给个金山也惦记着往回跑,金窝银窝不如狗窝呀!"

我说他这话说得极圣明。

到了日本以后,我深感在罗敷河所过的日子的充实,有那自学的日语作基础,我并没有在语言上费多么大的精力。罗敷河的年代毕竟年轻,年轻的记忆总是牢固的,为此,我常常感念四哥。四哥是早期的留日学生,他所使用的语法及拼写规则都是20世纪40年代的;1945年以后,日本的文字有了一次大改革,所以,我跟他学的日语就显得有些古旧,但在语言交流上不受任何影响,交上作业本,老师每每给我那"古色古香"的日语来个大大的惊叹号。她自然不会知道我何以有此"功底",而只有我才明白这一切都和那些鸭子和猪有关。

我在千叶大学法经学部学习，还在筑波大学学习日语；异域生活对我来说，是一段很有意思的日子。

我研究的课题是二战时期残留在中国的日本归国者们回到日本后在日本法律、经济上存在的问题及改进办法。为此，我阅读了大量由日本人编写的有关那场战争的资料和记录。我的最大感触是：它们不是中国人写的。你触到它们，只需读几行，便明显地感到了差异的存在。那是两个民族站在不同的角度对历史的审视与反思，是打人的和被人打的同时捂着脸的思索，尽管脸上都有伤痕，但内心的滋味毕竟不同。更由于战后50年耳畔经常听到"大东亚圣战论"的提及和日本政要们"正当防御"的"失言"，以及对日语词汇讳莫如深多种理解的巧妙利用，除了使人感到"偷儿也有三分理"的矫情外，便是不能容忍的愤怒和厌恶。

的确。中日进行那场战争的时候我和我周围的许多人还没出生，对那场日渐遥远的战争，我们的直接感受只是国内的大量文艺作品。其中印象最深的莫过于一段时间被反复播映的《红灯记》《地道战》《地雷战》……我们对它们的熟稔程度几乎可以与演员做同期配音。这些作品哺育了我们这一代人，我们随着"地道战嘿地道战，埋下了神兵千百万"的歌声长大；随着"日本军阀豺狼种"的戏词认识抗战……这种情结尽管单一，但凝聚力极强。1991

年,在留学生们的一次忘年会上,大家慷慨地集体高唱"大刀向鬼子们的头上砍去"的时候,那50年后的抗日热情仍是毋庸置疑的饱满。然而,那热情实则与丢失东三省、与南京大屠杀已无太大牵连,那只是一种生存在日本的寂寞、艰难和压抑,是一种只可意会不可言传的发泄和反抗。

整整五十年了,时间使我们与那场战争拉开了距离。

但是,我在国外的研究又使我与那场战争贴得近得不能再近,翻阅那些作战记录如同翻阅昨天的日历。不是那种刺刀见红的短兵相接,是残忍地将伤口重新撕裂……五十年后的人验看五十年前的创伤,那汩汩涌出的殷殷鲜血却同样令人惊心动魄,同样使人的灵魂震颤。

我在国外所研究的内容与文学几乎不搭界,那完全是一个陌生的领域。但换一种角度看世界、看人生,对作者来说该不是坏事。研究的过程就是对历史印证的过程,研究使人内心的震撼和愤怒化为思考。那期间我和文学彻底划清了界限,整整5年,我没有写过一篇小说。

回国后,我的工作发生了变动,从报社调到西安市文联从事专业创作。良好的创作环境使我有机会将一些思考变为了文学作品,我写了反映这方面题材的小说《风》《注意熊出没》《到家了》等。站在今人的角度回眸五十年前的战争,使我们有一种历史的空间感。正是这空间感为这些小说增添了几分严峻与沉重，它们与老一辈作家对那场战争金戈铁马、血洒战场的直接描述不同，它们是拉开了距离的。这距离是什么？我想就是今人对于人类文明文化的反顾和从文学角度来揭示人性善恶的内涵，寻求阐释历史的新的可能。作为研究日本社会问题的中国人，我想对于两国民族性的透视应该是社会的、文化的，更是历史的。当然，无论中国还是日本，似乎都有自己解不开的人性异化的死结，在走向世界、走向未来时，如果说日本必须对历史有痛苦的重新认识才能完善发展自身的话，那么，中国在对历史和现实的思考中又该悟出些什么来呢？

日本评论界对这些作品给予关注，评论家荻野修二评论我的这些反映"二战"题材的小说时说："作品贯穿着对那一历史细部的再检讨，对人物的刻画是内在的，对日本情况的描写是准确的，没有胡乱猜测。如果作品细节描写不准确，马上会使人感到不快，甚至怀疑内容的真实。总之，这是对日本态度严峻的小说。"

写中日题材的小说能够得到其本国人"准确的认可，我认为是对我海外几年研究的肯定。"虽然我五年没有进行小说创作，虽然我在文坛上"丢失"了很久，但我并没有停止思考。

现在，我的丈夫和孩子仍在日本。丈夫在广岛女子大学教书，女儿在东京上大学，只有我一个人在国内，在我清静的家里写些我想写的东西，将那些资料和思考变为文学。正如路遥说的："咱们这种人在外头待不住,人家给个金山也要往回跑。"我有两个家,中国北京东城那座老旧的四合院里至今还有我的亲人,那是我的小说《祖坟》《黄连厚朴》们的发源地;日本广岛铃之峰的小山上也有我的家,那里也有我的亲人,那里是《风》们的产地。

说到路遥,这里不得不再沉痛地补充几句。

1992年,我在日本听到了路遥获得茅盾文学奖的消息,与喜讯同时到来的是研究路遥的那位年轻学者吉冈由纪的讣告。那个美丽的女子患心脏病突然去世了。一悲一喜同时到来的两个消息,真让人不知如何应对了。后来,吉冈的女友在处理吉冈遗物时将她用过的书籍寄到我日本的家中,让我丈夫将其送给在中国学习日语的学生。书籍很多,我从中嗅到了吉冈的气息,感到了她的心跳,英年早逝,只能让人感到惋惜和沉重。

没想到,这份沉重很快又进了一层。

我回国后参加的第一个文学活动就是为路遥送葬。

那天早晨,我被通知去参加路遥的追悼会,震惊之外便是麻木。我到了火葬场,众多的文学朋友都来了。望着静卧在鲜花丛中的路遥,我感慨他不知我的归来,想起他常说的话:"像牛一样地劳动,像土地一样地奉献",我只是觉得惭愧。

一个好朋友不在了,永远地不在了。从今往后,这个世界的角角落落再也寻不到他的踪迹,寂静的夜里只留下了我无意间录在磁带上的他的片断歌声……

1994年,我写了一篇短篇小说《本是同根生》,那是我第一次将笔端伸向我的家族。或许是一种尝试,或许是一种积淤已久的情感的自然流露。小说刊出后,《小说月报》《中华文学选刊》《新华文摘》等杂志先后都选用了。素不相识、从无交往的北京评论家雷达写了评论。他在文章里说:"叶广芩的名字我完全陌生,竟未读过她的一篇作品;但那老练的笔触,叙述的流转和深曲,饱满浓郁的文化气息,却又说明她不可能是新手。据李星同志介绍,叶系北京籍的陕西女作家,大概是留下来的知青吧……读这篇小说,很容易把小说中的'我'与女作家本人混淆,因为第一人称的叙述真切乃毋庸置疑,不是当事人绝说不出这样的话;而且这样的小说编是编不出来的,非身历其境者不能为此,它带着明显的自叙传色彩。……我喜欢它,首先因为它写出了这贵族之家的败落留给飘零子女们的真正遗产——冷漠感,想摆脱也摆脱不了,想亲热也亲热不起来。……叙述人'我'是一中年女性,她受新社会教育,还有西方文化的背景,故而常抱着批判的眼光,扮演着理智的旁观者角色;但问题的复杂在于,她终究是家族的一员,遗传基因、家世烙印、寻根潜意识并未消失,这样双重的角色给小说平添了陌生化的美感。"

我想雷达先生读懂了我的心曲,那原以为只有我自己才能体味的对于家、对于人生的复杂情感，一种广大而深邃的文化氛围，一种历史的沧桑感和人情变易史，一种时代风云与家事感情相扭结的极为复杂的情绪，情不自禁地包蕴而出……

我明白了它们是能为广大读者接受、理解并欣赏的。

于是，《祖坟》《风也萧萧》《雨也萧萧》《瘦尽灯花又一宵》……一系列这类题材的作品相继而出。有一回，电视台的一位记者问我："你最近写的很好看的充满个人体验和家族背景的小说，得到了读者的喜爱，你是怎么突然涉足并选择了这个题材的呢？"

不是"突然涉足"，是必然的开启。

在20世纪80年代，我虽然写了一些小说，但以家族为背景的作品从未进入我创作视野的前台，这可能与我的经历和所受的教育有关。回避个人家族文化背景成为了我的无意识，那些痛苦的感受实在地让人感到可怕，我甚至不愿回忆它们，我把它们看作是一场噩梦。在那噩梦中，被改变的太多，不变的只有人格。我将这些粗砾与苦涩泥封起来，不再触动，以尽享今日生活的轻松与自由。孰料，年深日久，那泥封竟破裂，从中冒出了浓郁的酒香……

这也要归于时代的进步、社会文化生活的宽松与和谐，使人们的视野与欣赏层次发生了很大改变，使人们变得善良而宽容。在这些前提下，我才冲破了我的无意识、家族生活、个人体验及老北京的某些文化习俗，使其不由自主地在脑海中流淌出来。我将对社会的关怀纳入传统文化的背景，让它们形成一种反差而又共生互补。写这些作品对我也是个排除各种心理隐患和情感障碍的艰难过程，应该说改革开放的政策给我提供了一个良好的创作契机。要说的是，这些对我烂熟于心却又尘封已久的人和事，令我提起笔来比较得心应手，不觉枯涩。

作家个人的经历、文化习惯同影响我们的时代一样，是不能回避的。冰心老人说过："生命路愈走愈远，所得的也愈多。我以为领略人生，要如滚针毡，用血肉之躯去遍挨遍尝，要它针针见血！离合悲欢，不尽其致时，觉不出生命的神秘和伟大。"

从家乡北京走出至今已经整整的三十年了，初入人生举步之艰难已成为一笑置之的往事。青春时代，越是失败越是要构筑新的人生，当是真理。

但我不承认那是失败！

那应该是人生最精彩的篇章。

在有限的生命里，我从没有过那般的轰轰烈烈，那般的荡气回肠。

我怀念罗敷河，罗敷河是美丽的，但罗敷河没有日记。

仅以此文记之。

少小离家老大回

全国第七届作代会在北京召开,我随着陕西团的十几名代表乘火车北上,车声隆隆,同伴们在车厢内串门聊天,我坐在窗前望着沉沉落下的夕阳心内竟是有些感慨,北京的女儿作为"陕西"的代表回京,心头难免夹裹着剪不断理还乱的情愫,让人一言难尽。车窗外的景致于我是熟悉又陌生,当年我是坐着这趟车在绵绵的秋雨中,夹着铺盖栖栖惶惶离开的。送别我的只有不满十四岁的妹妹和她用回去车票钱买的两个烧饼。到西北去,伤痕累累,惊心未定的我,不敢问命运,不敢谈前程,只希望活着,平平安安地活着,以告慰家乡同样伤痕累累的老母亲。

一晃三十八年。

落魄的时代没想过当作家,目光所及是如何在一次次批判会上做到脸不变色,如何用锄头准确对付玉米地里的杂草,如何背着人用车床车出小榔头,如何无声地记忆外语单词……生活由此变得丰富多彩。20世纪80年代开始写些个小短篇,登了也无人理睬,有些失落。后来弃文从史,研究司马迁,想的是当个学者型的作家,结果仅一篇《天官书》便使我陷入"狗看星星一片明"的混沌境界。又出国去研究"太平洋战争",也似蜻蜓点水,不像专业人员那样深入踏实,回国后对研究蜀道又产生兴趣,出傻力气,横穿秦岭,追着唐德宗唐僖宗的脚印走傥骆道……

陕西给予了我辗转腾挪的空间。

年轻,常常以为自己的体验是独特的,对生命的理解是深刻的,有意无意地给自己的写作加了载道的严肃与使命的庄重。人便变得有些别扭,自己跟自己较劲,为老大不小,学问一无所成而愧赧焦虑。活得外在而张扬,有时还爱作秀,像鲁迅先生说的"将自己的照片登载在杂志上,但片上须看见玻璃书箱一排,里面都是洋装书,而自己则作伏案看书,或默想之状"。这样的傻帽之举实在是做了不少,现在想想总是浅薄。

这两年将写作舒缓下来,徜徉于秦岭山林之中,混迹于豆架瓜棚之下,知道人生还有另一种活法,"昼出耘田夜绩麻,村庄儿女各当家",喝了一肚子柴锅熬的苞谷豆粥便想到人的诸多问题,想到文的诸多问题。泡于油腻腥膻之中总不如"一箪食,一瓢饮,在陋巷"舒展长久,文学和人一样,淡泊相处,可以维持久远,用不着急赤白脸地半月一个中篇,一年一个长篇地推出,读者的眼睛要紧,自己的身体要紧,不轻诺,不急就,已不是风风火火的小青年。天地有大美而不言，民间有很多我们在热闹与喧嚣中感悟不到的真谛，保持正常的生活态度，保持性情的平淡，文章的平淡，那才是将人做到了极致，将文做到了极致。

不要在乎什么传世与不朽。谁也不能不朽。

俗话说，人有双重父母，两处家乡，我便常想自己，想我来西安以后的几十年，在农场种地，在工厂做工，在市文联搞创作，回顾来路，三十八年的脚印无不与这片水土的步履相合，这是我的福气和幸运。北京恢宏的帝王之气与厚重的文化内涵是任何地域都无法替代的，凄美纯净的亲情更是上天得天独厚的馈赠，这也是我走到哪里都不能忘却故土的原因。陕西华清池的温柔，老孙家羊肉泡的醇美，秦腔戏曲的苍凉，城墙城楼的古远，同样也深深地刻在了我的骨子里，成为生命的一部分。海纳百川的长安，自汉唐起，气势便包容了整个世界，包容了天下，自然也包容了我……"丈夫重知己，万里同一乡"，这是一种精神上的认可与融入，不是户口簿上的简单迁入迁出，是一种难以说清的对这片地域的爱，包括它的进步与不足。同样，一种责任也重重地压在肩头，那是作家的责任，是赤子对于家乡的责任，无论北京还是陕西，这责任直到永远。

火车的隆隆声中，北京越发地近了，想必作协接站的同志已等在站台，那是家乡人的等待，一种亲情油然而生，我想，无论是谁，我都会拥抱他。

清涧路上

1998年夏天，我因为采访石油的事情到陕北。汽车在土路上轰隆隆地开，太阳在头顶白花花地照；干燥、闷热，我变得无精打采，昏昏沉沉。车窗外是一抹的黄天厚土，单调枯燥，偶有绿树也仿佛被日头晒蔫了，像是打不起精神的病人。我半闭眼睛问司机，这是什么地方。司机说是清涧。

在清涧途中我睡去。

昏睡中好像没了车子，我走在松软的土路上，一路是小坡，脚下的暄土烫脚，一脚踩下去，土将脚面都没了，一步一步走得很艰难。我不知到这里来干什么，我的目的地又在哪里，心里很茫然。猛抬头，见坡上悠闲地坐着一个穿夹克的汉子，一双白旅游鞋在山区土路上显得很独特。汉子抽着烟，背对着我，没有风，他吐出的烟将他自己缠绕住，缥缈得有些恍惚。我停住脚步，想这个熟悉的背影是谁，我们为什么会在这样荒僻的地方相遇。我抬了抬手招呼他，嘴里却发不出声音，一时，彼此又像隔得很远很远……汽车一颤，我倏地睁开眼，头脑竟是万分的清醒，想着刚才那个梦，后悔没有继续做下去，终没看清楚山峁上的人。

路边有碑，唰地闪过去了。我问是什么碑，司机说大概是村名碑。我说我觉着不像村名碑，好像是什么纪念碑。我要求司机回去看看，司机说，几公里都出去了，算了吧。我坚持往回开，凭一种很奇妙的感觉，我认为我应该回去看看。

司机不得已往回折，终于来到那碑前，我一看，慌忙下了车。

路边黑色的大理石碑面上刻着四个字：

路遥故里

路遥活着的时候跟我说过他那贫困闭塞的故乡，我没想到竟是这里。记得当时他还跟我说，他们家乡的人种是汉人和匈奴的杂交，男的彪悍精良，女的美丽干练，非关中人能比，为此他戏称自己是"杂种"。当时我的回应是，"杂种好啊，就跟陕丹玉米1号似的，高产，在西北地区普遍推广，颇有市场。"他还说《三国》中的吕布和貂蝉都是陕北人，陕北人不光有英俊的外表，内心还有一股韧劲儿，别的地方人不行。因为熟，说话都没有遮拦，常常是信马由缰地胡扯。现在，无意中来到了他的故里，心里一阵发慌，竟不知如何是好。我对司机说，这是我的朋友。司机说，险些错过了。

路边有家小饭铺和一家小卖部。小饭铺经营的是羊肉饸饹，小卖部卖的是手纸和白酒。这些东西和这黄山峁，和这干涸的川道很是相得益彰。两个女人站在各自的铺子门口看着我，也不招呼，原因是知道我肯定不会在这儿吃、在这儿买。从她们壮硕的身材上我找不到貂蝉的影子，这里大概离那位美女的家乡还远。

我问她们路遥的家离这儿有多远，她们指着马路对面的土山峁说，上去走半个钟头就是。我问家里还有谁，说是老人还在。我要上去看看，女人们说，那家的老人出门去了，屋里没人。

望着那荒蛮的山峁，望着那迤逦而上的小路，我有些感慨，从这条简陋单调的小路上走出了路遥，走出了一个作家，走出了一个朋友。而这个朋友与我们共同走了一段路之后又匆忙地离开了，留给我们的是文学的轰响和难以忘却的精彩。我们今天再想起他的时候，已经有了相当的距离，是时间的距离。他初离去时的大悲大痛已为平静所替代，十年，生活在雕刻着每一个人；十年，世事的变化太大，我们的变化太大。不变的只有路遥，死亡为他留住了美好的年龄，四十二岁；死亡为他留住了改革开放刚刚起步的年代1992年。

十年前的我们，就是今日的路遥。

1992年4月，我刚从日本回来，对国内的一切都觉得新鲜，无论走到哪儿，人们都在谈论改革。《延河》的子心陪我一块儿去看路遥，是晚上，他正在洗脚，弯腰很困难，脸色青黄，这是肝气瘀滞，肾衰竭的症候，我想他是病了。他说，你回来了？我说，回来了。他说，不走了？我说不走了。他说，你在日本鬼子那儿都学了些什么？我说，历史，主要是研究"二战"。他咧了咧嘴，表示不理解。我祝贺他得了"茅盾文学奖"。他说，奖金一万块，还没出北京，一半就请了客。我说，这奖金没有我在日本打工刷碗挣得多，但是我刷碗没有你得奖有名。大家就笑，路遥说，回来好，咱们搞的是中国文学，不能老在外国待着，那样就没根了，飘着。

路遥的话很对，我后来在日本也写过一些国内题材的小说，例如长篇《注意熊出没》和大宅门的《不知何事萦怀抱》等等。写作的艰难阻涩，言语的枯竭贫乏，是从未有过的。这些作品，虽然发表了，但是反应平平。我就想到了"飘着"的话，作家的语言环境，生活环境一定要浸润在所表达的作品中，那样才能真正地文思泉涌，才能真正地得心应手。当然，也是因人而异，有些作家可以脱离环境写作，但是我不能。我太敏感，太在乎环境和氛围，这或许是我没出息的表现。

去拜访路遥的那天晚上，是个黑暗的晚上，尽管路遥矢口否认自己有病，我还是提醒他应该到医院去查一下身体。我告诉他，日本那位研究他作品的美丽女教师吉冈由纪突发心脏病，永远地不在了。吉冈平时使用的书籍全部送给了西安交大，是我一本本挑选整理,寄回国内的,那些书上还沾着死者的手痕……路遥听了许久没有说话,脸色变得更加灰暗。吉冈是子心、路遥和我共同的朋友,他们曾经在我简陋的家里一起吃日本饭"鸡素烧"。由吉冈主炊,材料都是新从日本带来的,我们喝的是"大关"清酒。饭桌上,日本人唱的是中国歌《崖畔上开花崖畔上红》,路遥唱的是日本的《四季歌》。

那天晚上从路遥家出来,心里总是有些不踏实,但我绝没有想到,这是我与路遥生前相见的最后一面。后来听说他病了,住在第四军医大学医院里,守护极严,不让人探视。我能理解病人的心态,特别是对于要强的、自尊心很强的人,极不愿意将自己虚弱、无助、悲凉、倒霉的一面示人。躺在床上接受别人言语苍白、千篇一律的安慰是一种尴尬和难堪,是一种无奈的应酬,没意思极了。很多人去看望他,都碰了钉子,我也不敢去贸然探望了,想的也是对他的一份尊重。有得到允许进去的人告诉我说,路遥瘦得脱了形,但精神还好;有的说已经出现了语言障碍……言语各式各样,路遥在我的心里,仍然是那个丰满、鲜活、诙谐、热情的朋友。我想,以他的毅力和心劲儿一定能熬过这一关,四十二岁,年轻得很……

我是在渭北煤田听到路遥去世消息的,是早晨的广播,播音员的声音很沉重,我的心也很沉重。当时跟我在一起的还有作家董川夫,川夫说,可惜了。我没有说话,后悔没有到医院去看看路遥,有时候希望也能误事。渭北塬上的11月,天气已经很凉,一条薄雾的带子裹着不幸的消息在田野间飘荡,在散落在地头的枯黄的苞谷秆间穿来绕去。这使我想起我在《延河》发表的第二篇小说《飘荡的烟》,编辑就是路遥。小说里说的是人死了,往事升华散净,便化作清纯细致的烟,到它该去的地方去。

现在,路遥也化作轻烟,走了。

那篇小说写得、编得都实在的不吉利。

我的第一篇小说编辑也是路遥,那时他是《延河》编辑部小说组组长。小说是寄给编辑部的,那时我是医院的护士,对于编辑部完全是陌生的。我的第一篇小说经过编辑王晓新的手到了路遥跟前,他看了稿子觉得很奇怪,文笔是熟练的,风格是京腔京韵的,从作品看,不应该是初学,但是他实在不知道叶广芩这个人是谁。他给我很郑重地写了封信,称赞了这篇小说,信的末尾又加了一句:真的很不错。问我是个怎么样的人。我没有回信,因为我不是文学圈子里的人,也压根不关注当时的作家有谁谁。事情就搁下了。后来,没见过面的路遥推荐我加入了省作协的读书班,脱产三个月,集中学习,专门研究文学创作。学习班的学员都是发表过许多作品的作协会员,只有我是个只发表过一篇小说的"白丁"。我胆怯地问同在一起学习的诗人马林帆,参加省作协得有什么条件,他说得有大量有影响的作品,要出过书,有两名会员推荐,还要上作协的正规会议讨论才行。

我知道我是没戏了。

直到三年后,我才第一次见到路遥,是在作协的新春茶话会上。他特意过来跟我打招呼,人与我想象中的样子相差无几,性格却是出奇的活泼,第一次见面,便很熟悉地跟我开玩笑,仿佛我们早就认识了。20世纪80年代,几乎每年作协都搞新年茶话会,大家见面的机会比现在要多得多,作家之间的关系也紧密得多。我和子心、王观胜、冯积岐、黄卫平、文兰……属于作协扶植的新一茬作者,人称我们是第某某梯队。我们对梯队没有兴趣,用自己的话说,我们是一拨子"小泥鳅",在泥塘里拱来拱去的"小泥鳅"。"小泥鳅"们没负担,快快乐乐,经常在一块儿聚会,喝点小酒。那时候路遥已经成了龙,他的小说《人生》得了全国中篇小说奖,在国内影响很大。成了龙的路遥在我们这群"小泥鳅"里混得很滋润,很有人缘,跟着我们一块儿逛临潼,一块儿到家里喝酒。我相信,至今不少"小泥鳅"的手里都存有当年鱼龙混杂的出游照片。

细想我能走上文学道路,从一个普通的护士到一个专业作家,跟路遥大有关联,不是他的认可,我发不出第一篇小说,不是他的推荐,我进不了"读书会"。他是我进入文学之门的领路人,是我应该永远记住,永远感激的朋友。

20世纪90年代，是陕西文坛的一个太灰暗、太悲哀的年代，蒙万夫、李建民、杜鹏程、魏钢焰、路遥、邹志安、李佩芝、李昶怡、王汶石……相继离开了我们。大家接二连三地到三兆去送葬，已经送得让人有些怕了，走的人当中，大部分是中年，其中不乏我们中的"小泥鳅"……

在感受到生命沉重的同时，也让人悟出：活着，便好好地活着。享受生命，享受生活，珍惜每一天，珍惜爱情和友谊。善待自己，善待家人，善待朋友，让心永远处于舒展之中。去了，便就去了，不留遗憾，顺其自然。

我记得，1998年那个夏天，我从"路遥故里"登车继续上路，再没有睡意。天阴了，西边天际出现了浓密云朵，滚滚雷声。我明白了，是路遥，等在家乡的山峁上，安排了我们这次相遇。

他又回到了家乡，回到了黄土地……

白夜涅瓦河

2005年、2007年随作家代表团两次去俄罗斯,两次到过彼得堡,彼得堡涅瓦河边的白夜给我留下了深刻的印象。

夏秋之交,彼得堡的气候凉爽宜人,空气里散发着芬兰湾的海洋气息,让人的精神抖擞。代表团下榻在涅瓦河边的酒店,时间安排得相当充裕,很多时间都是"自由活动"。

晚上九点了,太阳仍旧高高挂在天上,像我们下午的两三点钟。在国内这是晚饭后的休息时间,过一会儿就该"钻被窝睡觉了",可是在这里我却没有一点儿睡意,宾馆的窗帘不遮光,在明晃晃的艳阳下我总觉得这觉睡得有点儿怪,不知是午觉还是晚上觉。睡不着觉就出去散步,沿着长长的涅瓦河朝前走,走过一道桥又一道桥,四周都是高大的金发碧眼的人,我的小眼睛黑头发在这里绝对属于另类。当地人有的趴在栏杆上看河里的船,有的光着膀子躺在草地上晒太阳,有的坐船沿河而下,在船上吹拉弹唱,喝伏特加大声尖叫,好像他们都比我闲适,比我有钱。

我中学时代学的是俄语,还有过一个通过通信认识的叫做"柳芭"的朋友。柳芭是彼得堡人,她给我寄来过一张黑白的大照片,很美也很艺术,但是我没给她回寄照片,因为我没有,小学毕业照过一张相,那是毕业证书用的,又小又傻,拿不出去。后来两国关系疏远,俄语基本不用,大部分忘了,但幼年的记忆毕竟是牢固的,这两次到俄罗斯来,自己还是提前做了些准备的。当我在市场上帮着朋友用俄语砍价,在作家交流会上用俄语做简单交流时,也的确让同行的中国伙伴们吃了一惊,俄国朋友为我流利的发言鼓掌(其实我是背的中学课文),我说,好几年的俄语,岂能全是自学!颇有些小得意。

由俄语自然喜欢俄罗斯文学,我们这一代人,从小是读着俄罗斯小说,唱着苏联歌曲长大的,俄罗斯的文学令我们憧憬,令我们从青少年时代就十分着迷。众人围着茶炉饮着茶,那个茶炉是从画上和电影里看到的,有黑面包,有酸黄瓜还有盐和鱼子酱,木窗外面是淅沥的雨,湿漉漉的白桦树……那种遥远的,充满俄罗斯味道的乡村与我们的心灵贴得是那样近,令我们对俄罗斯民族和文化充满了崇敬。《复活》《战争与和平》《安娜·卡列妮娜》,契诃夫的中短篇小说,高尔基的三部曲,都是看了一遍又一遍的。依尔布宁的中篇小说《乡村》、契诃夫的中篇小说《草原》、还有肖罗霍夫《静静的顿河》等等，俄罗斯作家们对大自然的敏锐感觉，对人物的鲜活刻画，对细节的准确捕捉，是值得我们中国作家学习的。同时，屠格涅夫、叶赛宁、果戈里这些俄国大师们对土地的依恋更让我们感动。我们都知道，前俄罗斯总统叶利钦说服流亡美国的诺贝尔文学奖得主索尔仁尼琴回国定居，开出的条件是莫斯科郊外一个包括了一段河流及一片森林的村庄都划给作家。作家无论他走得多远，对于乡村的热爱，对于山川自然的深情是永无改变的。美国作家梭罗的诗歌、美国的乡村民谣、哥伦比亚作家马尔克斯的《百年孤独》等等等等，不管在哪个时代，不管在哪个国家，文学都有它自身的根基和魅力。

在我开始学着写小说的时候，中国一段敏感时期刚刚结束，正是五六十年代的文学积累，正是这些作品的重新出版，将我引领进了文学的殿堂。俄国作家创作出的作品的典型性、真实性，对人性入木三分的剖析，使我明白了文学应该刻画的内涵，作家笔端的立足点，那就是"人"。

涅瓦河很长也很幽静，走了多久，我记不清了。太阳渐渐变低，我来到涅瓦河的拐弯处，路边有座教堂，洋葱头式的屋顶在阳光下闪着美丽的光芒，有种温馨与神圣。教堂的附近是墓地，用墙围着，有许多树，我走了进去，墓园里没人，只有我一个。俄罗斯的墓地像是一座艺术的博物馆，各种雕刻、各种装饰让人目不暇接。在这里我见到了音乐大师柴可夫斯基,见到了文学大师陀思妥耶夫斯基,如同见到了老朋友,我不由自主地跟他们的雕像打着招呼:"您好!"我相信艺术是没有国界,不受语言限制的,我也相信,在此刻彼此的心灵是相通的,这种情感是不死的,它不会因为地域和幽冥而隔断,因为我们都是艺术的宠儿,尽管各自在造诣上有着差别。一只乌鸦停留在陀思妥耶夫斯基的墓碑上,我向它靠近,乌鸦动也不动,它太老了,已经没有了一点儿飞的力气。陀思妥耶大斯基是我非常敬重的作家,它的小说《白夜》被改编为电影,六十年代我看了一遍又一遍,那份忧郁和细腻,那份悲凉和凄美,对我影响极大。如今来到了涅瓦河畔,彼得堡的白夜使我更加体味到了小说的内涵,体味到了作者难以遮掩的忧伤和失落。《白夜》说的是少女娜斯晶卡终日厮守着一个年迈的老太太,老太太怕她出门,用大别针将娜斯晶卡的裙子和自己的紧紧别在一起,只有到晚上睡觉的时候才摘开。娜斯晶卡爱上了年轻的房客,房客要离开彼得堡到莫斯科去一年,让娜斯晶卡等他,说回来就结婚。一年到了,娜斯晶卡每天晚上在白夜中到涅瓦河边去等待她的情人。小说的第一人称"我"此时见到了等待中的少女,深深地爱上了她,并且陪着她一起等待在涅瓦河畔。"我"陪着娜斯晶卡等了四个夜晚,莫斯科的情人仍旧没有回来,娜斯晶卡彻底绝望了,就在她将要投入"我"的怀抱的一刹那,她的情人出现了,娜斯晶卡欢呼着向那人跑过去……文学有着它永恒的魅力和思考，文学的思考就是理解生命的意义和生活的真谛，对命运的反思大多是悲剧性的，无论是"我"，无论是安娜还是卡秋莎，都是把人生的美丽撕裂给大家看，产生一种生命的震撼。法国哲学家狄德罗说过，"文学不是美丽诗句后的一片掌声，而是长久沉默后的一声叹息，从而引起人们深深的不安"。

彼得堡的白夜啊！

我看看手表，指针已经指向了凌晨两点半钟，就是说在这夜深人静的时候，我还在国外的墓地转悠，这于我人生经历中真是件不可思议的事情。抬头看看太阳，刚刚沉到对面楼房的房顶。墓碑上停留的那只乌鸦，仍旧垂着头静静地待着，眼神迷离而遥远。

我沿着河朝回走，最终像那只老乌鸦一样，停在河边的座椅上，我感到了疲惫和即将回到人寰的烦恼，我感觉着涅瓦河白夜的风，感受着冬宫逼压过来的豪华和俄罗斯文化的浸润，突然的，我觉得自己就是等待在河边的娜斯晶卡，淡淡的忧愁将我护住，眼里竟有了清冷的泪。

三点多，太阳终于隐入房后，周围没有了阳光。紧接着四点钟一片朝霞升腾起来！

舀取深山水一瓢

初秋,姜华把他的诗稿送到了我的家里,当时我正在高烧不退,打吊针,跑医院,折腾得很热闹。陕南的朋友远道来了,便装作很精神的样子在客厅里跟他和吴建华聊天,姜华说,你的脸怎么这么红啊?我说在发烧。他不好意思了,把诗集留下就走了。躁热中,什么也读不下去,只好读姜华的诗集,因为能躺在床上读,因为字号大,因为简短,因为好翻页……药液一滴滴往静脉里滴,诗稿一行行往心里读,在那"苗条的雨季"中,在那"炊烟青石铺就的乡路"上,在"一方水城""一方小小的绿"里,我仿佛又回到了汉江水旁的小城,清凉湿润中的沉静,甘甜畅快中的苦涩,很快地灌满了我的身体,爽快多了,莫不是喝了旬阳南羊山的甘泉,莫不是沐浴了太极城习习的风?数日的高热竟被一本诗集击退!古人有阅好画疗肠疾的典故,看来不是妄说,"因病得闲殊不恶,安心是药更无方",看来,这些来自陕南的诗让我真正地静下来了。

和姜华的交往应该追溯到20世纪80年代,那时候我在报社文艺部,负责陕南一片的作者。1988年我到紫阳采访几个女诗歌作者,她们被大家称为"紫阳女子",我在洞河跟她们聊得很投机,吃她们给我变着花样做出的陕南饭食。她们告诉我,旬阳有几个写诗的小伙子,我就到旬阳来了,陪我来的还有安康报的陈敏,那也是一个写诗的汉子。在旬阳,我见到了陈欣明、姜华、鲁绪刚、吴建华等一批人称"旬阳汉子"的诗人。且不说他们诗歌水平的高低,仅和他们的交往就是非常舒服的事,大口吃肉,大碗喝酒,天南地北,信口开河,谈诗论文,彼此坦诚相待,无须防备什么,也无须挂念什么,大家都处于极大的放松状态,那几日在旬阳我究竟醉了多少回酒,已经无从记起。理解产生了真诚,偶然相遇的机缘使大家情感相投、认可,既而是相契,在一起的时候愉快,分开了想念,我想,这就是朋友了。

自1988年以后我们一直没有见面,倒是陈欣明来过几次西安,从他口里得到姜华们的一些信息,就是这点有限的信息,后来也断了。真正的理解是精神方面的感应,良友难逢,天各一方,却知道彼此在各自的坐标上对文学苦苦地执着追求着。偶尔的看到报刊上姜华发出的一些诗,都细细地读了,从内心发出赞许,知道在他的心底为文学仍旧保持了一片恬静清爽的境地,这是最值得朋友欣慰的。时代在变,人心在变,我们不得不忍受着生活给我们带来的太多的不愉快，不得不逢迎着许多我们不愿逢迎的东西，文化精神的失落，传统文学力量的消泯，常常让我们尴尬无奈。姜华能在这五光十色中把握住自己，作为一个年轻的山地作者来说，实在是不容易。为此，我对这个当年的小兄弟多了一份敬意。

今年，借给革命老区送书的机会，又到旬阳，这一别竟是十六年了！

旬阳的山绿了，水绿了，人心也绿了。大家又走到了一起，我一个不少地见到了旬阳的汉子们，照旧是喝酒吃肉，照旧是谈诗论文，就好像是我们昨天才分别。姜华当了文化旅游局副局长，自然要陪我走东走西，我想，这个工作和他的爱好倒是很相得益彰。姜华的坦诚与平淡让人感到姜华还是姜华，他保持着诗人的真性情，正是由于真，使他眼中的生态，使陕南的山水人情，转化为了艺术的美。他的"纵情山水""风雨人生""生活写真""中年日记"，为我们铺开了一卷清澈细腻的陕南山水画卷，一个淳朴贫穷的少年踏着清波，顶着浓浓的绿向我们跑来，拉着你的手，将你领进画中，走进这山水，走进他的心田。疏淡、平和、清秀、恬静是这本诗集的主调，正如作者的性情。"冲淡之趣"是写文作诗的机制，曾国藩说过，"文章之境莫佳乎平淡，有若自然生成者，以为文家之正传也"。姜华的诗作为一种自然的审美情趣，求得一种心态的平静，而着重美的愉悦性，是我喜欢的，也是我为文所追求的，这是一种大家风范。这本诗集，一一道出了陕南文化对作者的浸润，家乡人情对作者的潜移默化的影响和作者人格的操守，宁静的心态，使我们领略到了文化、人生、过去、今天和未来，这实在是一种认知的开拓，精神的滋润和艺术的享受。

　　文学是一个残酷的事业，一个人用毕生的经历去追求它，就说明你走上了一条布满荆棘的不归之路。时间是无情的，文学不会原谅作者的苦衷，更不会因为你成了名人而对你稍假辞色，在文学面前，我们不能做轻薄小儿状，我们要战战兢兢走我们的路，想到我们的追求，想到我们的责任。

红炉上的一点雪

二十余年前①,太多太多复杂的社会关系压得我抬不起头,加之同室操戈,因为"诗"的问题被人从背后狠捅一刀,立时使我陷于无回身之地的绝境。于是被贬到黄河三门峡库区收麦、种玉米、打胡基、放猪,还捎带着干搬运工和修架子车一类的工作。

我常常独坐河滩,望长河落日,观凄艳晚霞,想自己许许多多的事。那些不公正的待遇与委屈酸涩的泪,在山野硬风的抹拭下,在霞光如火的熔烤中渐渐消融,代之以与自然化为一体的平静与坦然。毁人者不美,而受人毁者遭一番诽谤便加一番修省,可以释回而增美;欺人者非福,受人欺者遇一番横逆便长一番器宇,可以转祸为福。这话说得极有道理,但我那时绝没意识到,畏惧文学的我实则已被文学所攫取,远离诗歌的我,本身就已经成了诗歌的一

---

① 是指"文革"时期。

部分。

　　不少劳动的人都被单位召回，偌大农场只有我与炊事员、指导员、保管员和拖拉机驾驶员在留守。生活是寂寞难耐的，我的任务是饲养员，负责照看四头猪，打草煮食，垒墙垫圈，每日活计干完，时间仍富裕得无法打发。写信向家中诉苦，于是在农场的后一段生活中，我每周都能收到一份寄自湖北咸宁的日语讲义。讲义是用四个孔的活页纸所写，还编了页码，我将它们用纸绳穿起来，在没人处读阅，自然一切都偷偷摸摸，做贼一般。讲义是我的四哥叶广明所写所寄，他在北京故宫博物院工作。那期间，文化部各色有名望者均被下放湖北咸宁走"五·七"道路，他便随"文博口"众员来到云梦泽之地放鸭。他早年留日，日语颇精，尤擅长文语语法，闻我寂寞，年纪又轻，总觉不该负此大好光阴，便于放鸭之际，在沟塘河汊之间；于放牧之后，居蚊帐内于手电微光中，为我撰写日语讲义。为兄为长之苦心，骨肉亲情之关切，相濡以沫之激励，至今仍让人感动。凭着咸宁的鸭倌与华阴的猪倌之间扯起的这条线，凭着讲义上罗马字注音，我艰难地学会了五十个假名，拼出的日语第一个单词是"绿"，之后是"火焰"。是的，在苍凉的河滩上，在冷硬的人情中，我憧憬着充满生机、能给人以希望的绿；在步履颇艰一步一个陷阱的无可依赖中，我渴望那充满热情，给人以欢快和温暖的红炉。

红炉是没有的，有的是滔滔的河水和往来歇息的雁。

我被召回西安，别无所获，除了一柄大雁羽毛做的扇子外，就是一包在农场学日语作为练习而翻译的科普通俗读物的译稿。党的十一届三中全会以后，我利用回北京探亲的机会，将这包稿子分别送往教育出版社和商务印书馆，并无心出版，只是请专家给予指正。其时，内心对自己之所学是否是日语仍持怀疑态度。教育出版社编辑尹学义和商务印书馆编辑李思敬或许为我的精神所感动，或许是带有鼓励性质，更或许是当时出版业百废待兴，稿件匮乏，竟然拍板出书，一下子我在两个国家级出版社有了三本译作问世。这实出乎我之所料，更出乎"教师"四哥所料，一时在家中名声大噪，大家都说我因祸得福。后来在一次峨眉山会议上，我见到了已成为商务印书馆总编的李思敬，谈及当时情景，这位王力先生的高足说："君子不学，不成其德。立志者，为学之心也；为学者，立志之事也。"虽引鉴之语，我亦牢记至今。

由翻译起步而向文学创作靠拢，试投了第一篇小说，被《延河》编辑王晓新由众多稿件中选出，送往负责人路萌老师案前，他们不相信这是一篇处女作。路遥曾充满好奇心地写信给我，问："你是个什么样的人？"路萌老师也对我充满猜测，推荐我进了省作协办的读书会。直至读书会的开幕式上，我才与王晓新们得以相见，彼此释然。他们说我的文笔老到，大约只有我明白，这一切与生活的磨砺，与经验的积累，与大量译作的练笔有着难以割裂的关系。作家冯骥才说过，谁是生活的不幸者，谁就有条件成为文学的幸运儿；谁让生活的祸水一遍遍地洗过，谁就有可能成为看上去闪闪发光的福将。当生活把你肆意掠夺一番之后，才会把文学馈赠给你。文学是生活的苦果，哪怕这果子带着甜丝丝的味儿。冯骥才说文学是苦果，我却觉得文学似一炉红火，在人生漫长艰辛的跋涉中它伴着你，在你迷惘困惑时它伴着你，在你孤单寂寞时它也伴着你，那屈辱，那犹豫，那灰心，那自卑，犹如"红炉上一点雪"，虽是佛家偈语禅机，然俗人自可为俗事所悟透。

十余年来的创作已有四部长篇和数十中短篇问世，社会反应一般。文友田长山坦诚地说我的文章"在潇洒之中缺乏厚重，在有趣之中尚欠有力，在清新之中缺少深刻"，更"缺少鸟瞰的胸怀和升腾的理性"。此友为人属"当为知我者讥弹，不当为流俗人貌誉"之辈，故而在挚友之批评面前我不得不搁笔深思许久。后来虽有《同根生》之类文章问世，得到文化圈子内一些人的赞誉，然只有我，才能知晓内中的硬伤和难以弥补的缺陷，它本来可以更完美……

十年前，我的领导因我钟情这炉火而将我由工厂推向报社；十年后，我的领导又因这炉火而再次将我热情推出，推入专业创作之列。懵懵懂懂的我于是明白，残雪早已化尽，该是自身投入熊熊烈焰的时候了，欲作精金美玉的人品与文章，当从烈火中煅来。

但写真情并实境
任他埋没与流传

　　每月从单位领些个工资,以前还得盖章签字,月月跟会计打照面,现在省事了,直接转到银行,取不取由你。工资的补贴名目繁多,扣除也名目繁多,让人很难闹明白究竟该挣多少。工资折上的数字月月变化,索性不去管它,想的是单位总不会亏待,任它攀升与下滑。我写文章与此雷同,写了投了,从来不问收获,我敢说,至今各编辑部的编辑朋友中没有一个接到过我问询稿件的电话和信件,稿子寄出便寄出了,管它作甚!令人愉快的是从传达室经过,常常被传达喊住,因为有小稿费到来。哪儿来的,多少钱也不管,反正传达的本子上一笔笔给记着,都是自己劳动所得,拿得很踏实。有这些稿费在兜里装着,至少在菜市场提着篮子买菜会感到充实,不会再为那些红盐白米的贵贱伤神。

　　这样赚钱真好!

每天早晨在公园里操练自编的体操,多为"双手托天理三焦,左右开弓射大雕"之类的传统动作。迎着太阳看着蓝天,练得微有汗意、浑身通泰了到早市上一转,花五六块钱买束时鲜的花儿,举回来插在瓶子里,书桌上便有了清香。敲几行电脑喝几口香茶,进入到自己造出的天地,喜怒哀乐,嬉笑怒骂,十分的丰富。饮食清素,朋友二三,家常的日子家常的人,写些家常的文章,说些家常的话,装腔作势的年龄已经过去,天命已知,所崇尚的唯有恬淡和平安。

这样活着真好!

有人问起我"家族小说"的事情,也不知是谁,在什么时候,将我写的那些《梦也何曾到谢桥》一类作品归类于"家族小说"范畴,我常想,这个词汇挺怪,谁的家族呢?我的么?瞎掰!我的老哥哥、老姐姐们大都还健在,我写的那些故事,他们一概不认可,害得我出了书只好藏着掖着,怕他们笑话。在他们眼里,我是家族中最没出息的一个,他们说"咱家那位作家,只会把些个事儿驴唇不对马嘴地胡安……"在这里应该提出的是,他们嘴里的"作家"绝对是个贬义词,与"不学无术"画等号。深秋,我在北京创作老舍《茶馆》的电视连续剧,闲暇和妹妹小荃去看望我们的四哥,这个大我两轮的哥哥给我们每人找了两本老字帖,字帖上有家里老一辈留下的墨迹,越发显得珍贵。他让我们回去好好临摹,不许偷懒，下次见他的时候要把作业带来……他是美术学院书法教授，我知道，他对我们的要求不会比他的学生宽松。我说现在的写作用电脑，已经许久不用笔写字了，他批评了我那"没有灵魂和个性的肉头字"，说一切艺术都是相通的，字写得很臭，文章也好不了哪儿去……听着兄长的训导，望着屋里暗红色陈旧的家具，望着墙上映在夕阳中发黄的老照片，望着白髯飘洒，清癯飘逸的兄长，嗅着儿时便熟识的气味，我想，这就是伴随我成长的家的基调，我的文学……

人们说，作家要跟得上时代，要有强烈的社会责任感，这绝对是真知灼见！我特别敬重的崔道怡先生也说，大凡作者，其思想水平和境界要高于新于常人，要看得远，挖得深，要见人所未见，识人所未识，成为群众与时代的先知先觉。我常常用这句话提醒鞭策自己，可是不行，我做不到。许多人家里挂着郑板桥的书法"难得糊涂"，我的房间里也挂过，后来搬了新房被我的丈夫换了，换成了他写的"难得清醒"，在广岛的书房索性被他题了"糊涂斋"几个字。后来想想，他也真是题到了点子上，郑板桥的"难得糊涂"是一种超越聪明的大智慧，我是一种浸泡在迷糊中的真憨傻，自己糊涂却企图让读者明白，自己浅薄却让评论家去寻找深刻，实在是让人受罪。我写文章的时候永远是没有主题，永远是信马由缰，谁让我谈创作体会，我便如实招来，下笔之前从不知自己要写的是短篇中篇还是长篇,就好像面对一个被雪覆盖着的花园,我拿着笤帚要把通往各个景点的路扫出来,哪儿有小桥,哪儿有花台,哪儿有甬路全然不知道,从哪儿下笤帚全凭感觉,也许歪七扭八地扫出些没用,也许扫到湖边险些掉进水里……但是我知道,我终究会把这些美丽景致一个一个掏出来,让人来欣赏它,享受它。这是我写作的自信,是我面对空白的电脑首先产生的意念。当然,有时写着写着没兴趣了,立马就能打住,绝不怕有虎头蛇尾之嫌。我知道,我都不想写了,读者肯定也不想看了,算了吧!

睡觉的时候我最喜欢的是"自然醒",可是心里越放松醒得越早,我从没有睡懒觉的习惯。顶怕的是早晨有事,哪怕是上午十点开会,我晚上也得失眠,关键是心里搁不住事儿。这跟写文章一样,我最怕命题,谁告诉我要写什么,十之八九我准失败,因为我的个性迟缓又黏稠,很多时候是处于自己也说不清楚的莫名其妙中。在县里当了近九年副书记,开了无数次常委会,总也进入不了角色,在乡下人跟前老是露怯、丢面子。

我写了些作品,阐述了我的感觉,我的心曲,我的朦胧与糊涂,竟然也能得到一部分读者的理解和喜爱,我于是知道在这个世界上如我这样的人绝不止我一个,这是性情的共同,是文学的美丽。我总是想,搞文学的不能太清醒,太理智,那样会把美文写成论文。作家和学者有时候可以融合,有时候必须分开。有人问我作品素材的来源，揣测它们在我身上的真实程度究竟有多少，甚至将作品中的"我"和生活中的我等同起来，这让我尴尬。当然，家庭的熏陶，成长的经历对我来说是很重要的组成，从某种程度说它决定了我的性情，决定了我的待人处世，决定了我永不能更改的基因遗传。走了大半辈子回过头再看这一切，一切都很释然。人说狗是不知道自己的长相的，它们没有照镜子的意识，它们眼里只能看到人，所以它们以为自己长得跟人一样，是人的一种。我在楼观台住着，所见大部分是发髻高耸，长袍飘逸的道士，那种清静无为，恬淡安逸让我崇敬，便以为自己也是那样的状态，产生一种模糊的认同。有一天，看见两个白发老道在廊下对弈，便凑上去看，一盘棋看完，于我是一头雾水，回头看那廊舍屋宇，四周人物，并无多少变化，绝没有斧柄、柴绳糟烂的迹象，就知自己还是个俗人，没有一点儿仙根的俗人。我对老子文化便有自己糊涂的理解：人不能跟自然较劲，人不能跟命运较劲，人不能跟人较劲，人不能跟自己较劲……"上善若水，水善利万物而不争"，就像写文章，全力投入地写了，写出我的真性情，糊涂也罢，聪明也罢，由人去评由人去说，褒耶贬耶，喜耶厌耶，都是客观存在，一切顺其自然……

第三章 日本生活二三事

世间的许多事本来就说不清,历史今天,如云如梦;国内国外,似是而非。

鬼迷心窍

在日本生活的时候，白天丈夫上班，女儿上学，偌大的家里便剩下我一个人，进进出出，百无聊赖，寂寞之极，唯一的企盼是过礼拜五，因为这天的电视剧好看。在洋人眼里，礼拜五很不吉利，这天是鬼魂们出门折腾的日子，结婚、开业、请客，诸好事都不能放在礼拜五。礼拜五的电视从中午十二点鬼神就开始登台，一直要闹到半夜十二点以后才结束。这天的电视安排，除了鬼怪的电视剧、专题片以外，有关幽灵的专门话题也层出不穷，且都有名有姓有地点有时间，更有记者们扛着机子四处追鬼，不由你不信。

这些节目自然不能让正读中学的女儿看，遂早早将她赶至自己的房间去做功课。丈夫对鬼怪之事也不屑一顾，说朗朗乾坤，何怪之有？纯属电视台为增加收视率，弄些子虚乌有的玩意儿来哄我这类吃饱了没事干的老娘们儿。每见我在电视机前看鬼，他便抱着书本钻进书房，再不露面。于是客厅里只剩下我一人，亮着角灯，昏昏暗暗中与那些鬼怪幽灵为伍，看得十分投入。

我很喜欢看这类节目，因为这类专题在中国是绝对看不到的，国内只一个特异功能，便已真耶假耶，有乎无乎地争得沸沸扬扬，众说纷纭，哪敢再扯什么精怪。何况国人受过辩证唯物之教育，又有先哲王充"死而精气灭"之论传世，故人多不信邪，从而也不见有鬼怪们兴风作浪。东瀛邻邦，弹丸小岛，人烟凑集，鬼怪便也集中，各山川、隧道、湖泊、寺院几乎都有怪异传说，要找一块"净土"颇不容易。日本本州地方不大，著名的"灵场"就有四处，所谓"灵场"就是与冥冥世界相通的出入口，其神秘离奇，非语文可以言状。日本的书店里有专门叙述鬼怪的专柜，介绍各地凶宅、闹鬼名所，这类书籍多配有照片插图，印刷精美，印数也相当可观。电视台亦常纠集一帮社会名流，坐在一起大谈鬼魂，并时有直播电话插入，添油加醋地予以完善和补充，使谈者与观者融为一体，成为受欢迎节目之一。顶有意思的是现场直播，记者们开着车，带着各种先进科学仪器，大张旗鼓地跟着灵能者（能与幽冥沟通，可以见到灵魂，预知未来的人）钻天入地地去寻找鬼魂，甚至不惜工本，煞费苦心一直追到美国去，其精神极让人感动。日本目前知名度最高的灵能者是位叫宜保爱子的女性，出了好几部专著，说话缓慢低沉，长相怪异，三角脸，三角眼，三角嘴，特别是那双眼，虽小却阴郁，看人时盯着你使劲瞅，毫不放松。在她的逼视下我甚至觉得自己就是城隍庙里偷跑出来的小鬼,压根儿不是人。宜保爱子每周在电视上露面好几次,自有她的一大批"追星族",比那些大红大紫的歌星有过之无不及。宜保说她能看见鬼魂,对现场一位女演员说,演员背后就站着一个鬼,穿甚戴甚,什么模样,并且那鬼的一只手正勾着演员左肩。于是那位漂亮妞儿当下觉得左肩发凉,说她说的那人就是她死去的母亲……我在电视机前看到这里只觉周围一片凉气,害怕得要命,大气儿也不敢出,将自己团在沙发里再不敢动弹。丈夫从里面走出来,扭亮了电灯,见了我这副模样,好气又好笑,他瞄了一眼电视中正为照鬼而忙碌的记者们,说可惜了这些先进仪器,可惜了这辆漂亮的电视采访车,更可惜了这些受过高等教育的人。

　　为提高日语听力,我常去图书馆借录像带,拿回家来放。初时还认真地看什么《杨先生学日语》《青蛙的一生》之类,后来发现架子上还有恐怖片,便扔了"杨先生"与"青蛙",一总换了《幽灵大战》《食人族》《吸血鬼》,自信这些都是国内不曾有过的片子,难得有这一饱眼福的机会,此时不看更待何时!恐怖片的语言大多听不懂,不过看画面足可以明白意思,再加上自己的理解与想象,自然比《青蛙的一生》有意思多了。于是,借书卡便以每日二盘的记录日日刷新。久而久之,负责录像带的管理员已经将我认下,只要我往那儿一站,他便会主动将认为"特"恐怖的替我找出来。为了感激他,我送过他两包中国茶叶,我们的关系就算极"铁"了。他问我是不是专门研究恐怖电影的,我大言不惭地说是。他说从艺术角度来看,恐怖片最吊人胃口,最使人恐惧的是鬼怪未出现之前,那环境,那音乐,那气氛,烘托得淋漓尽致,使人的心提到了嗓子眼儿,大有捂住眼不敢再看下去的劲儿。我说这就叫作"魅力",这"魅"字旁边不是有个"鬼"么。一旦鬼们化为具体形象进入人的视觉,便使人觉得不再恐怖了,因为观众没有了发挥想象力的余地。中国电视系列剧《聊斋》里有一集,其中有鬼背向观众,自始至终也没让观众看到那张脸,就是充分运用了这种艺术效果。管理员问我信不信有鬼,我坚决地说不信。他说他信。我忽然觉得在这清冷的大堂里,在这古旧的书堆中,管理员本身就不应该是人。

鬼怪片越看越上瘾,后来有研究日本文化的上田龙道,知我有此好,送来了自采自编的书《筑波市的不净之所》,写的都是我熟识的,经常往返的所在,哪儿出过什么鬼怪;哪儿半夜之时常出现什么异兆;哪儿是幽冥之路,且夜间行路人住在某街某号的×××均可证实;哪儿曾是古战场,聚集着一群战死鬼魂……

夜晚躺在床上,细读上田的这本"恐怖大全",每每觉得有鬼气四伏,冷气阴森,愈发难以入睡。偏巧当时正值暑假,上上下下的门窗都大开着,丈夫又回国看望老父,家里七八间大屋只有我和女儿两个。吃毕晚饭,我就钻进卧室,再不敢出来,总感到外面那些角角落落让人不能安心,仅客厅那巨大的落地窗便让人伤神,甬说鬼，连人也挡不住呢。加之，窗外是一片小松林，月光下，树影摇曳，风声飒飒，将窗帘吹得呼呼啦啦，飘扬如帜，有小虫在窗下低声吟唱，忽急忽徐，电影中的鬼怪多是在这种情景下出场的……不安中想念起中国的家来，虽则拥挤简陋，却一目了然，决无这多担心，真是小有小的好处，大有大的心烦。忽听卧室外有响动，思想再三，终于抄起衣架壮胆走出，准备与不明物决一死战。黑暗中，见厨房有绿光上下闪烁，缓缓向脚跟前晃动，遂大叫一声丢了家伙，蹦回床上，用被把自己蒙了。女儿由隔壁过来，问我出了什么事，我说厨房有绿光，正闪呢。女儿去厨房巡视，回来说家里的两只猫在偷桌上的剩菜呢。我说猫怎么会有那样凶恶的眼，怕不是电影里的吸血鬼盖格尔来了。女儿说我准是恐怖片看多了，把现实跟电影混到一块儿去了。我说先别说混不混的话，你要不信盖格尔就把铺盖搬出来，睡在我这儿。女儿说，她愿意睡在我的卧室外头。我说那也行，不过你别睡得太死。她说放心。

是夜，女儿的鼾声由外传进，全不顾我的嘱咐，尽自熟睡不误，一百个妖怪闹哄哄地把她抬走，怕也不会醒的。我自是无眠。

丈夫由中国返回筑波，女儿汇报我种种行径，并将诸多录像带一并搜出，扔了一地，那丫头竟说我让鬼迷了心窍，得彻底治治了。丈夫将坐在"鬼怪"中的我审视半天说，你是不是该找点事儿干干，或者去上学，或者去工作。

走近"小猫"

前不久，到日本山口秋吉台自然动物园去看望朋友池边，池边是兽医，北海道大学兽医系毕业以后一直在动物病院工作。他喜欢登山、钓鱼和旅游，喜欢汉语。他曾经骑着自行车在中国闯荡了两个多月，的确让人敬佩。池边善良、开朗，是个很有品位的朋友，对动物、对自然的关注使我们有了很多共同语言。我对他说陕西有大熊猫、金丝猴，还有羚牛和金钱豹，他说山口有狸，尾巴带花条条，又胖又傻的狸……

池边的办公室在公园的偏僻角落，里面堆放着不少资料，有些杂乱，沙发很破烂，露出的海绵上又贴上了胶条，跟讲究的日本很不相称。见我看那破沙发，池边说，咬的。我说，是你吗？他说，所有的。我知道，我们的语言交流出现了障碍。

正想说什么，一只小黄猫从沙发后探出头来，瞄了我一眼又赶快缩了回去。我是个爱猫的人，喜欢所有的猫，包括野猫。我朝沙发后头探进手去，一把抓住了猫脖子，不管它愿意不愿意，就使劲往外拽。小猫呼噜着，脾气很大，劲也很大，用爪抓着地板，做着反抗。毕竟是猫，没几下就被我揪了出来，拎在手里一看，不禁倒吸一口凉气，哪里是黄猫，这是一只地地道道的黄老虎！

小老虎的眼睛是绿的，绿得晶莹透彻，目光与我平视，冲我龇牙。我说它怎的这般不友好，池边说，它够友好的了，你没见它的爪子？我见那爪子厚墩墩的，特大，是任何猫都无法与之相比的，其锋利的指甲蜷缩在胖胖的肉垫里，虽然张牙却没舞爪，的确给了我不小的面子。于是就摸小虎的爪，毛茸茸的，像玩具。池边拿来一瓶温热的奶，小老虎叼住了奶嘴，三口就喝光了，这种吃法让我瞠目，深感老虎就是老虎，尽管只有一个月大，虎势却在。

小老虎不欢迎我抱它，它在我的手里挣扎、折腾，以至于我无法像抱猫一样地将它搂在怀里，尽管我很想并且在努力那样做，但是不成，它不理解我的温柔和爱抚，它时刻想挣脱我。池边拿嘴去亲它的脸，小老虎对此给以热情的回报，场面让人嫉妒。我不敢像池边一样地亲老虎。我怕它"即兴发挥"，给我一口，那样我就真的没脸了。池边让我把老虎放下，说大可不必将它太当回事，小老虎也和小孩一样，有人来疯的毛病。

因为老虎母亲抚育孩子的本领太差，所以小老虎就被送到病院来了，不但是老虎，还有小狮子，小猎豹什么的，这里是动物的幼儿园。病院里，这样的小虎有六七只，小猫一样地养着，经常打闹成一团。被我捉到手里的叫AISLON，只是其中之一。门口还有只白色叫蒂拉的在撕咬拖鞋。白老虎在世界上数量极其有限，是珍贵品种，但是蒂拉并不理会自己的稀罕，它只对那只粉色的拖鞋感兴趣，与那只鞋在不屈不挠地进行着"战斗"。扑上去咬，再扑，再咬，那一扑一剪，已经完全具备了老虎的架势，谁也不会再把它认作猫。池边告诉我，日本法律规定，六个月大的老虎就必须与人隔离喂养，彼此再熟悉，再亲昵，也不允许同处一室了，所以他经常的"忍痛割爱"，但是老虎是极聪明的动物，跟猴子和大象一样，会对饲养员的养育之恩牢记一辈子，他到园子里去，那些大大小小的虎对他永远是充满尊敬。

　　正说着，那只我"不将它太当回事"的小虎AISLON和它咬拖鞋的同伴不知什么时候溜到了我的身边，先是在我的腿上蹭，接着双双跳上了我的膝头，翻滚游戏，在我的身上爬来爬去，绒绒的毛触得我的皮肤发痒，凉凉的小鼻子嗅得人想打喷嚏。它们是在和我亲近，在引起我的注意，它们尽力表现着它们的友好和认同。当然，最终还是不让我像抱猫一样地抱它们，也就是说，它们可以以它们的方式亲近我，而我不能以我的方式亲近它们。

　　它们以它们的行为明确地告诉我：我们不是猫！

　　好有个性的东西。

来了两位女士，说小老虎该去"勤务"了，于是一胳膊抱一个，将三只小虎抱走了。我问老虎上什么班，池边说是在园中和游人合影，这当然有经济效益在里头。小小年纪已经能为公园挣银子了，不是白吃的主儿。

后来，我们开着车到园子里去，见到那些见了人爱答不理的大老虎们，它们各占山头，各抱地势，或趴或卧，目光遥望远方，神驰天边山外，一副无可抵挡，至高无上的王者派头，那股威慑力只是让人畏惧，再找不到亲切。但它们是那些刚刚与我厮混过的"小猫"的父母亲们，它们真真切切也是从"小猫"的阶段走过来的。池边叫着它们的名字，看在"养育之恩"的份上，它们缓缓地转过脸来，对我们报以淡淡的一瞥。我为老虎希特勒般的冷漠模样而遗憾。池边说大老虎有时候见了他也会走过来猫儿一样地撒娇，现在之所以端着架子，是因为车上有生人。小时可以亲昵，可以玩赏，大了便有了距离和矜持，有了尊严和傲慢，这就是老虎了。

孤独、忧郁的老虎。

兽中之王。

杂牌军的故事

到达日本的第二天,中国同学施一平就送了我一辆八成新的自行车,虽不是名牌,但骑起来也很有速度。她说她还有辆带变速的山地车,我要是嫌这辆不好,她可以把那辆推来给我。她说,在筑波这座新兴的城市里没车不行,最近的商店骑车去也得半个小时。我很感激,在国内谁送谁一辆自行车那是非同小可的事,关系不铁到一定程度拿不出这么厚的礼。不可思议的是我和这位施同学相识还不到一个小时,我们是在饭厅门口碰上的,没说三句话,她就送了我一辆自行车,这事有点"天方夜谭"。

开学后才知道我和施同学在一个班上课,这个班是外国留学生语言强化班,班里有中国人,美国人,俄国人,还有其他国家的人,学校里的日本学生当面称我们是"联合国",背后却叫我们"杂牌军",当然,叫我们"杂种班"的也有。我们都是见过大世面的人,不跟岛国意识很强的日本人计较,谁爱叫什么谁叫什么,但从我们内心说,则比较倾心于第一种叫法,至于后两种,尽可以装作听不懂的样子,让说者扫兴。我们班的学习成绩是全校最糟糕的,纪律也是最乱的,上课有打瞌睡的,有挖鼻孔的,有脚上桌子的,有带保镖的,总之,十分有特色。

只上了两天课就看出来了,班里黄皮肤黑头发的女生爱扎堆,下课就往一块儿凑,不分国界,用半吊子日本话连说带比画,说的都是商业信息和身上的衣裳。蓝眼睛的妞们也扎堆,她们说洋文,内容大概也是商业信息和衣裳,因为除了这些我们再没别的话题。我自然加入了黄种帮派,甚至成了新闻发布中心,这都归于我丈夫订了一份《朝日新闻》,我们订报纸并非是为了关心政治和时事,而是冲着那一大堆商品广告去的,每天随报纸而来的有大量广告,它是我们日常生活及购物的重要行动指南。比如广告说,今天中心广场上午十点有手纸大赠送,我就赶紧打电话给施一平,施一平打电话给韩国某姬,某姬再联络泰国某香,某香再叫上印尼某娅,联络网信息传递之快,之准确,足令情报部门自愧不如,其结果是使上午的课堂变得空空荡荡,而宿舍里的卫生纸却满满当当。施一平女士看着床下的纸,兴奋地宣告:到她研究生毕业也再不用为手纸发愁了!我算了算,从现在起到她毕业还有两年半时间,这还得在她门门功课考试都及格的前提下。

报纸附带的广告向我们提供今天哪个商店大甩卖,哪个商店哪种商品特价优惠等等,广告版之多,比二十四版的报纸还厚,所以我们这个网便显得十分重要,下了课只一个眼色,便都骑了各自的车朝既定目标狂奔。不久我也知道了,大伙骑的车都是捡来的,筑波市别的不多,自行车特多,无主车扔得到处都是,并不是施一平有多大方,她不过是顺水人情罢了。后来我捡了六辆车,黄、绿、蓝、红、黑、紫,在我们家的车棚里摆了一排,风光极了,可惜都是杂牌。

依着广告买来的商品也多是杂牌,日本人看不上,我们觉着挺好,肆无忌惮地穿在身上,在学校里招摇过市,使"杂牌军"变得更杂。雕塑专业的埃里姆,花五百日元买了件西服上装,他认为便宜,也不心疼,把它当工作服穿,担水和泥,攀上爬下,外衣上满是石膏粉和泥点,还有被电弧烧的窟窿。埃里姆逢人就说他对这件衣服很有感情,穿上它灵感就来了,不是名牌胜似名牌,妙极了。

韩国某姬买的那双鞋也极有特色,那是鞋店年底清仓的收获。二百日元一双水晶高跟鞋,比灰姑娘辛德里拉的那双还漂亮,我甚至怀疑它会不会是由"水晶鞋"剧组里退役下来的道具。鞋跟有三寸高,钉子一样细,前头还有一朵玻璃花,荧光的,在暗处还能发亮儿,照得某姬的两只脚发蓝发绿。据某姬说,夜里她穿着这双鞋走路,完全不用点灯,连脚下的小石子都能看得清清楚楚,行人则只能看见两只鞋在移动,幽灵一样,这使她增加了许多安全感。我们都很羡慕她买的这双鞋,太便宜了,二百日元在当时合人民币两块多钱,两块多钱在国内买双袜子也不够,更何况这样精巧的会发光的照明鞋。以后我们几个又跑了好几回那鞋店,再也没碰上某姬的那种鞋,看来天底下只有这么一双了。

我当然也不甘"落伍",从城东的"梅路西"杂品店趸来件和式大棉袄,上面散着小碎花,袖子宽得能跟楚国人屈原的袖子相比,穿着松软暖和,像电视剧里的阿信。整整一个冬天,这件大棉袄都与我形影不离,上课、逛街、做饭、写作以及参加宴会都穿着它,它太实用,太可爱了。

教师山田对"杂牌军"们多半是睁只眼闭只眼,他压根管不了这些学生,尽管他每天上课都按日本教师的要求,西服领带,规矩齐整,可他对面坐着的"杂牌军"们却往往是五花八门,使教室严谨的气氛大煞风景,跟他的格调极不协调。有时候课要连着上,中午只休息半小时,山田根据对付日本学生的办法,指派班长提前去有名的盒饭店订套餐,让人送到教室来。套餐又叫定食,是日本料理,好看不好吃,凉米饭、炸豆腐、甜鱼糕、腥海带,缺油少盐倒人胃口,说是名店名吃,大家觉着也就那么回事儿。第二次上连课,"杂牌军"们就抗议,坚决不吃那定食。山田无奈,只好自己订自己的,由着"杂牌们"各行其是。"杂牌们"吃得也是杂,有中国的酱猪蹄,韩国的辣白菜,美国的三明治,印度的咖喱饭,俄国的酸黄瓜，英国的臭奶酪……各人的饭盒一打开，教室里什么味儿都有，整个是世界真奇妙。

期终考试的形式是用日语讲演，还要进行电视录像作为资料保存。为这个，山田特意给我们上了一堂日本规范的服饰礼仪课，除了说美国的脚不许上桌，印度的手不许抠鼻，印尼的腿不许无故乱哆嗦以外，大部分时间讲的是穿，即对我们身上的"杂牌"进行了批判。他说讲演那天，埃里姆不许穿他那件有灵感的"工作服"。埃里姆不服气。山田说，你那件上衣纽扣开反了，男上装都是左压右，你的是右压左，只有女人的衣服才这样。大家起哄似地嗷了一阵，埃里姆满脸通红，他现在才知道这件衣裳为什么才五百日元。山田说某姬也不能穿她的水晶鞋，众人又诧，山田说那种鞋是专门为夜总会的舞女和女招待们准备的，在严肃庄严的学堂里不能出现那种东西，特别是在有录像的情况下。

我以为山田会忽略我这件大棉袄，孰料，思想刚一松弛他就提到了它。山田说，叶广芩这件和服棉袄，要穿就正儿八经地穿，下面配以和服和木屐，也不失一种传统，以你现在这样，上面是和服，下面是牛仔裤，搭配得实在是别出心裁，有点不伦不类了。施一平火上浇油地说，老师您还没看见她的鞋呢，更有水平。大伙就朝我脚上看，那天我正好穿了一双懒汉鞋，黑帮白塑料底，是在中华街上买的处理品，即国内大老爷们常穿的那种。细想，这打扮也是让人恶心。

讲演那天我们穿得都很出色,当然是按照日本老师的要求,一律规范化,系统化,认真调整,精心选择的。尽管每个人都很齐整,但凑在一起仍显得太杂,五光十色,让观众目不暇接。某姬穿了她的民族服装,大红大绿的搭配比那双半夜里会发光的水晶鞋还扎眼。我很想看看她脚底下究竟穿了什么,终因那裙子太长没看见。埃里姆也换了西装,肚子太大,西装索性敞着,他说这都是来日本吃定食吃的,本来挺合身的衣裳,硬是穿不上了,想想还是他的"工作服"合身,尽管那个纽扣开错了。苏格兰的一位男生还穿了一条花呢格裙,在一片哗然中昂首挺胸地迈进教室,见山田老师拿眼睛直扫他那两条细腿,他解释说这是他们国家的礼服,绝对的成龙配套,原汁原味。山田嘴动了动,没说什么。我没处弄什么和服,只好暂时告别了可爱的大棉袄,换上了由国内"出国人员服务部"给缝制的西装。国内西装的特点是宽大臃肿,严肃有余,轻巧不足,我威不可犯地站在众人之中突然想起了电影《芙蓉镇》结尾,那位革命女干部上任也是穿了这样一身西装,脸上顿时显得不自在起来。施一平挤过来说,叶广芩你快把你的衬衣领子翻出来,别站这儿冒傻气了,这屋里不缺妇联主任。我赶紧将花领子掏出来,形象多少活泼了些,但还是拘谨,没办法,让衣裳压的。再看课堂里的来宾,无不衣帽齐楚,整齐划一,倒像讲演的是他们,我们这些"乌合之众"是来看热闹的。

　　日本人的学校，处处体现着日本人注重群体的精神，外国人，尤其是"杂牌军"们则注重的是个体生命，我行我素，自成风景，两种思想体系，极难合到一起去。"杂牌军"们在学校里，不时爆出些冷门话题，闹出些让日本人喷饭的洋相，唯有这，才能让寂寞冷清的校园热闹一阵子。

广岛情愫

我每年在西安与广岛之间候鸟一样地飞来飞去。

熟识了，习惯了，也很方便，早晨坐上飞机，中午就到了，有时从老孙家给丈夫孩子端上一大饭盒现做的羊肉泡馍，到了广岛竟还没有凉透，只是让海关的小姐们惊诧。同样，每当我挟着广岛出产的一包包黏糊糊、臭烘烘的纳豆通过中国西安海关时，也常让这边把关的人手足无措，他们闻着那股让人不能容忍的味道，不知是什么怪诞的物件。

我是西安人，我也是广岛人。

广岛西区的铃之峰上有我的家。那个被叫作铃之峰的小山是个幽静美丽的所在。每天早晨推开窗户，濑户内海便像一幅画铺在你面前了，听着哗哗的涛声，迎着潮润的海风，有花在窗下开，有鸟在树上叫，不由你不为之感动。

家不远的坡上有座庙宇，叫国泰寺，早晨傍晚，国泰寺尖塔的银顶在霞光里熠熠闪亮，宛如与天相接的宫殿。看广岛导游书我才知道，这个尖顶的银塔是1990年由泰国援建的，里边供奉着释迦牟尼的佛牙，是座佛牙舍利塔。

有一天，我攀上了那座塔，这里很少有人来，寂寞的看塔老头对我说，这是为纪念广岛原爆所遇难的十四万人建造的慰灵塔。我注意到了他将原子弹爆炸简称为"原爆"，这是广岛人的普遍叫法，外边的人不这么说。我让他说说原子弹爆炸的事，他不想说。我说我是中国人，是作家，我想听这个。老头瞪大了眼睛看着我，说他没有想到会有中国人来这儿。后来他说，1945年8月6日那天，天空万里无云，他和他的家人在防空洞里待了一个晚上，到早晨警报才解除，那天，人们拖着困倦的身体回家睡觉，学生们被集中出去义务劳动……早晨八点多钟就听到飞机响，天上有两架美国大型B-29轰炸机，从东往西飞。他说，那时候人们的军事经验相当丰富，听飞机的声响就能辨出它们的型号来，天上常有B-29在飞，老百姓已经习以为常，大家戏称它们是"B-29定期航班"。但是在那天，人们还没有反应过什么来，就感到一片白色的闪光，啪，轰！一声巨响……

老头再不往下说了，下边的叙述大概让他很为难。

后来，我为这个"啪"和"轰"查了不少资料，才知道老头描述得准确，"啪"为闪光，"轰"为爆炸，所以世界语将原子弹的名称就译为"啪轰"。资料说，原子弹是在广岛上空577米处爆炸的，爆炸中心热度在6000度以上，冲击波每秒4.4公里，相当2万吨高性能TNT炸药能量。6000度高温下，什么都没有了，只剩下一片灰烬。资料馆里，有不少当时留下的物件，有映着人影的石阶，有烧焦的饭盒，变了形粘在一起的玻璃瓶，揭下来的皮肤……让人触目惊心。

我为这些无辜的生灵而叹息！

同时，作为一个中国人，我的心情又是很复杂的，因为每当从那些遗物前面走过的时候，同样让我想到了南京大屠杀，想到了旅顺的万人坑，想到了卢沟桥那场悲壮的激战……在资料馆的留言簿上，每每提起笔来，却难写出一个字，有这种感觉的不是我一个人。我的一个日本朋友说过这样一句话，他说，当时若没有十四万广岛人做出的这样牺牲，世界上还不知要牺牲多少个十四万人。大概广岛人不会接受他的观点，毕竟是一家之言。

战争，受苦难的永远是平民百姓。

在今天，我们应该呼吁的是对人类的关注，对世界和平的关注！

广岛人经此劫难而变得大彻大悟，对和平的热爱，对生命的热爱成为他们的生活目的。不唯人，连鸟也如此，我在广岛和平公园，在诗人草野心平的祈求世界和平的诗碑前掏出照相机，正要按下快门，一只小鸽子匆匆飞来，落在碑的正中，扭过脸平静地对着镜头，与我坦诚地对视，协助我构成了一幅生命与和平的画面……

来往广岛，使我对生活有了更深的理解。

贵妃东渡
——从马嵬坡到向津具半岛

秋天,我在当地人内田喜美子的带领下专程来到日本山口县向津具半岛,传说中的"贵妃东渡"就是渡到了这里。公路上有"杨贵妃故里"的指示标志,路边闪过叫"杨贵"的商店,闪过"杨贵妃"宾馆和名为"杨贵妃"的小酒店……按日本人的说法,这里是唐朝杨贵妃的终结之地。

我和喜美子来到半岛一个叫油谷町的小渔村,星期天没有出港,小渔船都泊在港湾。港边的场地上搭着帐篷,当地老乡出卖着各种吃食和海产品,原来今天油谷町的人在过"秋祭",这个总共只有八千人的小镇很有生活气息,没有外人来,所谓的买与卖都在本地人中间进行,町的活动室里展示着妇女们的手工、缝纫、插花,展示着孩子们的画,还有陶瓷爱好者自己烧制的陶器,窑的名字是"杨贵妃窑"。女人们出售自制的"杨贵妃寿司",酒也是当地土酒"杨贵妃酒"。这里有着久津自己的文化氛围——杨贵妃文化。

封闭的小圈子里突然出现了外国人,一时成了新奇,我说是从中国西安来的,更是稀罕得不行,长安城杨贵妃老家来的人,立刻有了娘舅般的亲切,不容分说拉到酒桌前喝酒。几口酒下肚,我才看清酒桌的形势,原来是町上几位老汉和主持者在这儿喝闲酒。明显的几位白头发已经喝高了,脸儿彤红,总是要说,总是要笑,见了杨贵妃家乡的人话就更多,内容也离不开杨贵妃,显示出收留过落难妃子的大度与骄傲……老人们的话已经含混不清,我也说汉语,于是双方都变得朦胧糊涂,就像扑朔迷离的贵妃东渡。有一点他们知道,现在从我嘴里流出的陌生语言就是当年杨贵妃使用的语言,听到我说话,就是听到杨贵妃在说话,不懂是当然的。

逻辑有些混乱,但是不无道理。

喝得脑子有点儿发胀,在他们的指点下,深一脚浅一脚地到东边庙里去找杨贵妃。金风送爽,碧海蓝天,糊涂的脑子里冒出些联不成串的诗句"……桑柘影斜春社散,家家扶得醉人归……",一时竟搞不清楚现在是中国还是日本,是春天还是秋天。沿海边没走多远,就看见了庙门口的小卖部,小卖部门口蹲着两个与人一般高的秦兵马俑,一看便知,是出自临潼的复制,千里万里地运过来,也是不易。庙叫二尊院,供奉着阿弥陀佛和释迦牟尼两尊佛像,除了庙堂本身，整个院落完全是中国庭园风格，凉亭、穿堂都是红漆柱，斗拱飞檐，青砖墁地，连厕所也是中国式，写着男厕、女厕，看着让人感到熟悉亲切，毫无疑问，这些均是中国工匠所为。

引人注目的是院中伫立的汉白玉杨贵妃像，发髻高卷，步摇叮咚，侧身站立，面向大海，面部没有任何表情，将一片想象交给后人。这尊像和陕西兴平马嵬坡杨贵妃墓的石像完全相同，只是这个的脸庞要消瘦一些。像的制造者是西安美术学院，总监制和设计是西安文联副主席画家王西京，石头取自中国四川，是在西安雕好后运过来的。在隔山隔海的异国，在偏僻的日本渔村，看到熟识朋友的作品有种异地重逢的喜悦，是他们为漂泊海外的杨贵妃制造了一个家乡的环境，托出了乡人慰抚离乡孤魂的一片温馨。后来得知，久津的贵妃像的确要比马嵬坡的瘦些，一则是杨玉环马嵬坡死里逃出，颠沛流离，九死一生地来到日本，绝不会再像"温泉水滑洗凝脂""侍儿扶起娇无力"那般的雍容与娇嗔，必定是惊魂未定，一脸风尘的疲惫和落魄，瘦是理所应当的；二则，日本人将杨贵妃推举为世界三大美女之首（另外两美女不知为谁），他们心目中的美人是娇小玲珑，单薄消瘦的种类，倘若把马嵬坡那个肥硕滋润的贵妇照搬过来。这边大概不能接受，这也是王西京们煞费苦心的地方。

见到了二尊院的住持田立志昭，他介绍说这所寺院始建于恒武天皇御宇延历年中（782年至804年），距离大唐天宝轶事时间相差50年。田立长老拿出二尊院55世住持惠学长老在明和三年（1776年）记录的文献给我看，文献年代不久，墨迹清晰，内中介绍了安禄山造反，唐玄宗被迫西逃，至马嵬坡六军不发的大致经过，谈到处死杨贵妃时说："高力士将贵妃引至佛堂前，缢杀。将其尸体横陈车上，置于驿站院中，令六军总领陈玄礼等人见之。大军既发，玄宗泪透红绞，随军往蜀地而去。陈玄礼见被缢贵妃并未真死，气息有所缓和，念及玄宗的悲切，着人救之，后命下吏造空舻舟，舟中放置数月粮食，放逐海中，任其漂流……唐天宝十五年七月，唐土玄宗皇帝的爱妃杨贵妃乘空舻舟漂泊到本村唐渡口，上岸不久后死去。里人捐资葬于本寺境内，千余年来凭吊者不绝。"

我在日本看到过另一份资料，说是杨贵妃在久津隐姓埋名，改"杨"姓为"八木"，也有说改为"杨贵"的，给后人留下了"久津出美人"的佳话。1963年日本一个女人拿着家族文件在电视台宣称，她就是杨贵妃的后裔。神奈川的称名寺，至今保存有杨贵妃使用过的玻璃珠帘。今年初，我到京都泉涌寺拜访，为的是给周至的涌泉寺寻找对应。周至的涌泉寺在隋唐时代是仙游寺的下院，属皇家寺院。及至到了京都的泉涌寺我才知道，泉涌寺的前身也叫仙游寺，至今仍是皇家寺院，里面供奉着杨贵妃观音像，据说这尊像成于唐代，雕刻者见过杨贵妃本人，所以形神极似，如今是日本国宝级文物。我看那像，的确是美得让人目眩……

各式各样的传说，各式各样的证据，一时将人搞得眼花缭乱。

但是中国传统认为，贵妃之死是毫无疑问的，《旧唐书》记载，"安史之乱"后，唐玄宗之子李亨继位，是为肃宗，玄宗被奉为太上皇。太上皇回驾长安，密命（将贵妃）改葬他所，最初埋时以紫褥包裹，再葬时肌肤已坏，惟胸前香囊犹存，内侍献上，太上皇悲哀。应该说对这段历史已经交代得清清楚楚了，可是人们不满意，就千方百计从这一事件中寻找漏洞。最先提出疑问的是白居易，可以说白居易与杨贵妃是同时代的人，他创作《长恨歌》的时候距离事件的发生不过50年，有些当事人还活着，许多说辞还是鲜活生动，有根有据的。通过《长恨歌》，诗人向我们提供了不少马嵬坡以外的信息。

2000年以后，我在陕西周至县挂职任副书记，听到不少有关白居易在周至仙游寺创作《长恨歌》的传说，白居易29岁中进士，36岁被委任到周至县作县尉，用现在的话语来说是位主管政法的副县长。在周至，他有许多朋友，来往比较多的有隐士王质夫和周至籍进士陈鸿。有一天，三个人在傥骆道北口骆口驿东边的仙游寺喝酒，那是一个黄昏，暮霭正缓缓升起，几个人站在岗上向北望，渭水一线北流，马嵬驿在尘寰中模糊难辨，杨玉环墓在天幕下悲悲切切，谈及那场变故，犹如昨日，王质夫建议白居易将这件事写下来，认为，只有白居易的才学才配得上写这样感天动地的爱情故事。白居易当下慨然应允，后来，便在仙游寺写了著名的《长恨歌》。《长恨歌》写成，风火一般在世间传播开来，有人在皇帝面前状告白居易"曲意诬蔑先皇，诽谤朝廷"，要求治罪。幸而有明智之士反驳说，"若以优秀诗歌给诗人定罪，恐影响大唐国威"。皇帝唐宪宗深以为是，对白居易不予追究。

日本人说，白居易在《长恨歌》里为贵妃东渡埋下了伏笔，久津贵妃墓前的介绍就明确提到了这一点。"马嵬坡下泥土中，不见玉颜空死处。""忽闻海上有仙山，山在虚无缥渺间。""其中绰约多仙子""中有一人字太真""钿合金钗寄将去""钗留一股合一扇"等等，连夜半夫妻间的悄悄话也是从日本托人捎过去的，以证明"太真"的不虚。

如果说陈玄礼造空舻舟将杨玉环送至海上是真，那么杨贵妃从马嵬坡奔至海边所走的道路只有一条——傥骆道。

"安史之乱"发生在天宝十四年十一月，二尊院记录杨贵妃在向津具半岛的海滩登陆时间是天宝十五年七月，就是说杨贵妃在陆地、在海上漂泊了近半年时间，她到达向津具时，这里并没有寺庙，也没有二尊院，只是在她死去五十年后，才建了寺。当地传说，杨贵妃死后，魂魄回到长安，夜夜站立在唐玄宗枕边，于是唐玄宗知道漂泊到东瀛的贵妃大概已经不在人世了，为了寄托哀思，唐玄宗派陈安给日本送来两尊佛像和一座十三层宝塔，陈安到了京都（当时是日本政治经济的中心），寻不到贵妃的所在，就将所带寄放在京都的清凉寺，以待将来找到贵妃所葬之地再行奉安。这一搁就是数百年，后来得知杨贵妃到了久津，可是清凉寺却舍不得将东西送过来了，他们找了日本两个工匠，做了两个相同的佛像，连同宝塔一起送到了久津。久津的庙宇在阿弥陀佛和释迦牟尼两尊佛像到来以后，于永禄年中为祈祷天下太平，五谷丰登，建设开山道场，名曰二尊院。日本的"永禄年中"指的是公元1558年至1570年十几年，大约相当于中国明代穆宗隆庆年间，所以这座庙真正称为"二尊院"的时间不过400年左右。日本战国末期到江户初期，久津有八家寺庙同时并存，因为宗教势力太大而受到政府打击，八家寺庙只剩了二尊院一家，十三层宝塔也被当时的藩主毛利家搬到数十公里以外比较热闹的中心荻去了，现在这座塔仍旧在荻市的长寿寺安放着。

对于唐玄宗为纪念杨贵妃所送来的两尊佛像我极为关注，根据角川日本史辞典介绍，清凉寺是日本京都市右京区藤木町净土宗寺庙，寺内供奉着释迦像，又称嵯峨释迦堂。有资料介绍，那尊名为唐玄宗送给杨贵妃的佛像的确来自中国，佛像是有绳状的卷曲头发，水波状的衣纹，比例准确，雕刻细腻，近乎完美。近年，清凉寺在解体修理佛像时，在像的内胎发现墨迹，记录此像由宋代佛师张延皎、张延袭兄弟于公元985年雕刻，公元987年归国留学僧人奝然将像带到日本，跟唐玄宗没有任何关系。至于久津二尊院的两尊复制佛像，1952年解体修理时，在阿弥陀佛像的右耳发现"文永五年八月日"的标志，在内胎前面有"文永三年月日"的墨书标志，由此判明是13世纪中期由京都雕刻，后来送到久津的。

事实说明，唐玄宗给杨贵妃送佛像一事出于附会，出于后来人的想象。

二尊院东部靠海的地方有墓地，突出的位置有个一米多高的石头五轮塔，所谓五轮塔是由五块方圆各异的石块组成，顶尖肚圆底方。这就是传说中的杨贵妃墓了。贵妃墓周围有许多一尺多高的小塔，将五轮塔紧紧围供，据说是随同杨贵妃乘船而来的使女们的墓。墓前很安静，没有游客，从地理来说，这里处于半岛的顶端，没有谁会路过这里，除非像我这样专程而来。1963年的时候也专程来过一个中国人，是中国驻日本大使馆的公使衔参赞章金树先生，他在贵妃墓的左侧立了一块木牌，在墓前留下了一首诗：

长生殿内情意长，天长地久两难忘。

长安一别何处去，油谷町里望家乡。

公使不是文人，现场发挥，写出这样的诗句相当难得，贵妃漂来日本一千二百余年，来吊唁祭奠的中国官员也就是章先生一人罢了。

贵妃墓面向着日本海，海的那一边就是中国大陆，在大陆的腹地有长安，那是她的亡命之处。长安西边马嵬坡有"唐贵妃杨玉环墓"，我曾坐着大卡车去看过，在西兰公路旁边，一片庄稼地里，有一个小小的院落，前面三间破烂享殿，后面一个砌了砖的坟堆，石碑脸朝下扣在地上，几块明、清时代的诗碑断成几截散落在老玉米地里。那天下着小雨，我的衣服在卡车顶上淋得精湿，顺着头发往下淌水，冷透了的我来到冷透了的杨贵妃墓，情、景便让人感到冷。贵妃的墓院连着老玉米地，一片水渍一片泥泞，雨水敲击着玉米的枯叶，像是人在呜咽，荒败、凄凉、缠绵、悲切，给人印象极深。据说，现在马嵬坡的杨贵妃墓成了长安西线旅游的景点之一，每日游人不断，有了簇新的殿宇和洁白的贵妃像，有了买卖兴隆的商店饭馆，墓冢高大壮丽，砌了新的石条。已经不是墓地而是游乐场了，一切都有点假模假式，难免让墓主人显出了难言的尴尬。

传说中缢死杨贵妃的地点不是在墓地，是离此地不近的一座寺院，庙的名字我已经忘却，数年前跟着兴平朋友去过一回，从西兰公路分出一条土路，一直往南，走20分钟，上一个土塬，塬上有小庙，庙影壁前有株粗壮的卧龙槐，庙中僧人介绍说是"唐玄宗手植槐"。槐树不往高处长，在低处盘桓，看模样树龄有千年以上，庙殿后有土窑，窑内也供奉着神像，门口有梨树，据说杨贵妃便是在树下被处死的。我看那梨树，细嫩弱小，绝不是老树，想必是后人附会"梨花一枝春带雨"的句子而栽。因为交通不便，到这里来的人不多，游人们更多的是奔向了热闹的马嵬坡。

现在，面对着静谧简单的日本杨贵妃墓，我多少找回了昔日的感觉，陕西的马嵬，向津具的久津，两个地方埋葬着同一个女人——杨玉环。严格说，久津五轮塔下的女人已不能称之为贵妃，无皇所依，何妃之有；无势可宣，何贵之言？她所享受的辉煌，在她走入佛堂的那一刻起便已丢失殆尽，所剩的身份只是女人。白绫在项间勒紧的瞬间，她极清醒地，不容置疑地抓住了这个身份，并且牢牢地把握住了它，没有松手，因此在整个南逃与东渡的过程中，杨贵妃再也没有出现过。其时，她已经三十八岁，走过傥骆道，跨越过东海的三十八岁女人，已经成熟，不再年轻。

为什么杨贵妃偏偏地会漂流到向津具半岛，而不漂向比较热闹的繁华的九州、四国……

向津具半岛有一处叫作土井浜的所在，这里从1953年到1988年，几十年的时间内挖掘出了300具日本弥生时期的人骨。这些人骨很有科学价值，它们对研究日本人的起源与现代人的成立有着重要的意义。科学工作者在整理中发现，被埋葬的所有人骨，颜面都朝西，向着大海的方向，西边是中国大陆。就是说，这些人是来自中国，那时的航海能力有限，据分析，他们是从大陆借助海流漂泊到日本向津具半岛的。在日本海洋中有一条自西南向东北流动的海流，源自中国大陆，经过对马海峡，到达向津具半岛西端。日本弥生时代大约是2000年前，相当于中国的汉武帝时期，那个时候，中国人不但往西向西域进发，也往东，借着潮流向扶桑开展。这便是日本人来源之一的"漂流学说"。山口大学中国历史系教授烟地先生有观点说，唐代，武则天专权后对唐李氏宗室进行了严厉的压制迫害，大批唐贵族借助洋流漂到日本，向津具地区向有这样的说辞，不一定就是杨贵妃，但至少为杨贵妃在久津上岸提供了背景。

喜美子领着我来到唐渡口，这里是传说中的杨贵妃登陆处。一条长满苔藓的陡峭石径直下到荒凉的海滩。风很硬，浪很高，我站在礁石上，我想象着唐朝的木船向岸边泊靠的情景，船上有心灰意冷、看破人寰的杨贵妃，如今，山还是这山，水还是这水，风还是这风，滩还是这滩，天边的夕阳还是这般的惨淡无力，可是人变了，时光推移了上千年……

这里的确是海流的回旋之处，海滩上遍布着大量垃圾，都是从海上漂流到这儿的。在这些煞风景的生活破烂中，有衣服、鞋子、塑料制品等等，已经被海水冲刷得干干净净，看得出这些垃圾大部分来自韩国和中国，是真正的"舶来品"，非日本土著。我顺手拾起几件，一只中国产的塑料底女式布鞋；一个塑料圆盖，上面有"雅士利"字样，不知"雅士利"是什么东西；"海飞丝""舒蕾"洗发液容器，注明是"广州丝宝集团"；"山泉矿泉饮料"由百佳有限公司生产，还有印着韩国字的标志牌……花花绿绿堆满海滩，让人无法下脚。这些玩意儿不用打船票，不用办护照，不用花力气，顺顺当当地就从中国来到了日本，停顿在异国的海滩上，让人不可思议。

借助这股不变的水流，千万年来不知都过来了些什么……

两个日本妇女在海滩上捡破烂，她们说，有时候在这儿真能拣到好东西……

看来，杨贵妃是没来日本也得来日本，不死久津也得死久津了。

五轮塔下埋藏了一段中日友谊的传说，一出历史悲剧想当然大团圆式的结尾，这一点，无论是中国人还是日本人，都有着共同的思维定式。世间的许多事本来就说不清，历史今天，如云如梦；国内国外，似是而非。日本有"杨贵妃研究会"，最终也没见研究出什么名堂。其实这样挺好，真水落石出了便也没了意思。

这或许就是杨贵妃的本意。

第四章 山川所感

其实生活中何尝不是如此,轻重缓急,静动进退,相辅相成,相制相约,只是一切要做得顺情自然。

又进青木川

地震后今天的青木川是什么模样?

今年在油菜花盛开时节,我又走进了青木川。

同行有省人大科教文卫的同志们,调研的是抗震救灾的立法问题。依惯例我们先到了宁强县,想的是从县城往西直插青木川,这条便捷的公路一度成为这几年旅游的热线。可是我们被告知,必须走老路,从宁强返回大安,从大安再到阳平关,过燕子砭,再到青木川。那条近路因为搞建筑,行走重车,已经毁坏殆尽,不能通行了。只好又走上了当年初进青木川的老路,沿着金牛古道往回折,道路迂回盘绕,上上下下,人在车中如豆子般地摇。

行走两个多小时,车近青木川,沿途多是运建筑材料的大车,腾起的尘土使路边的草木变得眉目不清。路右侧有青木川玉泉坝小学,正在建设中,地震时两栋楼震坏了,省人大支援了100万,落地重修,说是今年4月完工。路左边有政府和香港红十字会援建的搬迁户移民点，几排整齐平房，四室一厅，院后有灶房、猪圈、沼气池，一应俱全。盖房子每户补贴3.5万，其余部分自己筹集。我注意到，房子盖得很结实，与传统方式不同，里面加上了不少钢筋，用的都是外地拉来的红砖，不再是本地土坯和简易水泥砖，房子盖成，香港人要过来验收，不合格不给钱。想起地震时和作协的同志们到这里采访，在不远处看到一处处震塌的房屋，看到焦虑愁苦的乡亲，总是有些无着无落的凄惶。现在好了，那些塌了房的张家李家在不久的将来就会住上新居，心里觉得很欣慰踏实。

青木川的新街上已不能走车，被沙石砖料堵塞，几乎家家都在修整房子，一场地震，青木川可以说没有一间不受到破坏的房屋了。魏辅唐的新旧宅院已经修饰完毕，坍塌的屋顶墙壁恢复了旧貌，雕花的窗棂刚刷过桐油，墙砖也将作假的青灰剥去，做了旧。当地文物局长告诉我，这次修整老宅，发现了魏辅唐藏物的暗楼，楼上足有三大间，上楼的梯子是装在楼板上的，不用时往上一推，与楼板混成一体，谁也发现不了。我上去看了看那暗室，明亮干燥，倒是藏匿大烟、枪械的绝佳所在。这个老魏，鬼得很！

恢复最迅速的是辅仁中学，地震期间墙裂檩斜的大礼堂已经面目一新，"凤凰舞台"的匾额高挂在正中，巴洛克浮雕的柱子站立在舞台两侧……地震期间我曾经和辅仁中学周校长有过一次会晤，他为学校没有一名师生伤亡感到庆幸。这次见了我们，激动地把大家领到正在新建的操场，展示学校明天的远景。他指着几次修好又震坏的办公室对大家说，这个房间就是小说里女校长谢静仪的住处，现在是我在使用，小说里边的邱校长就是我……我看见办公楼前有一堆被压挤得变了形，沾满泥浆的铁架子床，大约是从震塌的房间里刨出来的，我说，把这些床留着吧，也让将来的人看看地震给学校造成了什么样的损害。

老街上也到处在修房盖房，文物局的同志坐镇青木川，监督街上住户在改造房屋内里结构的同时必须保证外表民国时代的古旧风貌，不得随意更改。街上，那些木窗板门再次被安装上来，原先贴过瓷砖的被责令铲除，没有谁提出不同意见，青木川的人不傻，他们很知道要抓住这次机遇，坏事变好事，修整过的青木川将是一个充满历史韵味，古色古香的文化小镇，越有味越能和经济效益挂钩。我看到，墙上那些历史标语仍旧被保留着，改建的房屋做了旧，标语也按原样做了旧，难得的是在一家院里的雕花窗棂上，修缮中竟然发现了六十多年前的标语，"抗战必胜"，六十多年前雕这窗户的人是怎样一种心劲儿，让人揣摩，让人感动。

地震使青木川牵动了不少人的心，我在震中，亲眼目睹了几个西安年轻人，用自己的小车拉了满满几车东西，冒着骄阳送到了青木川镇政府，镇上干部将他们送的物品认真登记了，手续交接完毕，几个人转身往回走，连口水也没有喝，遗憾的是我当时竟然忘记了问他们的姓名。但这件事一直搁在我的心里，每每想起，心头便热乎乎的。在震后的重建中，全国各地各方面支援青木川约5000万人民币，"知恩图报"大概从徐种德由四川大学返回家乡时便形成了风气，今天的青木川人自然不会忘记这一点。

因为搞建设，农家乐的营业基本停了，我问马上临近"五一"，镇上有无能力接待游客，干部们摇摇头，说以目前这模样，这道路，怕是要让游人吃苦了。我问什么时候能行，他们说得明年。我明白，游客此时到青木川便是添乱，但我也觉得，看看地震后的青木川，看看建设中的青木川未必会让人失望，就像看到一个闭门梳妆的女子，也是一种难得。老街上店铺依旧开着，廊桥上的集依旧按日子摆着，魏辅唐的少校参谋主任依旧在老暗的柜台后面给人在《青木川》书后签着字，桥下的河水依旧哗哗地流着……

青木川，一本翻不尽的书。

游鬼城

船到丰都恰是半夜，下船顺码头拾级而上，牛头马面迎面而立，高坡上的城徽———一副狰狞的鬼脸正冷冷注视着东去江水，我知道，这便是阴曹地府了。

下船者寥寥无几，很快我便被冷落在街上，丰都老城残灯如豆，昏暗的光下数名夜游者围着火锅在无言地涮。都言丰都城有上半天人赶场，下半天鬼赶场，商家门前置水盆，看钱能否沉浮而断定买主系人系鬼之说，回头再看那几位吃客连同摊主，如隔世般，面容果然都不甚好看，我便加快了脚步。起风了，枯叶掠过，刷啦啦地响，路面上我孤单的影子与单调的步履声相伴，让人发瘆。忽然，黑暗中闪出个人来，叫一声"娘娘"将我拦住，惊魂未定的我经此一吓，冷汗顿出，稳住阵脚细看叫"娘娘"者乃是个半大孩子，孩子说可以带我去住干净旅馆，我便跟他去了。那是个木板的小楼，或许是他的家吧，他母亲是个眼睛斜视的女人，脸阴阴地，话也不多,我问此间离阎王殿有多远,她说就在阎王爷鼻子底下,还要找啥子阎王殿呐?临走又说,夜深人静可以听到丰都庙内拷鬼的声音。此语惊得我倦意全消,遂披衣而坐静闻鬼哭狼嚎。许久,听得外面有哗啦哗啦铁链之声,继而一声川剧高腔:二仙对弈呀樵夫观哪——咦,丰都城内竟有如此乐观豁达之鬼,我不禁哑然失笑。看窗外,天已放亮,有推车挑担者出现了。

清晨,那个孩子把我领到"鬼门关"兀自回去了,说是还要照料汤圆摊子。望着鬼门关门槛那沉闷的黑色,我想起母亲说过的,恶人一进鬼门关立即被拿下地狱受刑的事,也就是说这个关并不是谁都能过的。由此让我心中颇为忐忑,一霎时反省了自己的许多不是,包括在汽车上拣了钱没有交给警察叔叔之类。硬着头皮进门,竟无受半点滋扰,遂马上嘴脸大换,认为自己一向安分守己,循礼修身,自当入"善人"之列,将来亦属"驾鹤西游""西方接引"之辈,怕得什么"鬼门关"!大摇大摆地上了奈何桥,视脚下那浑浊之水认定便是民间所传的"寒风滚滚,血浪滔滔,铜蛇铁狗争餐"的血河了。正得意此桥上得轻巧,不意脚下一滑,翻滚着跌下桥来,爬起迅速四顾,所幸"前不见古人后不见来者",再看那桥竟是涂了烛油的,好上不好下。由是思索,不知死后过此桥时是否顺利,万一跌进血河怎么得了。又想,此乃冥冥不可见之事,奈何桥也罢,鬼门关也罢,不过让人趋善避恶罢了,一切如风声水月,鬼才信它！及至见一楹联下款写着"走几次奈何桥遇事须留心"方才悟出点什么。

再往上便是阴天子殿了，即所谓阎王殿，这是鬼城之始源，始建于宋代。阴天子殿内光线晦暗，风气肃然，阴天子端坐正中，六值功曹站立两旁，下列四大判官十大阴帅，威风凛凛不可一世。有联曰：

不涉阶级，须从这里过，行一步是一步

无分贵贱，都向个中求，悟此生非此生

我想，任谁恐怕也说不清自己的来龙去脉，更谈何悟此生非此生的话，只这阴间怕也如阳世一样，有污吏贪官，有行贿受贿，纵有青天怕亦睁只眼闭只眼，做多一事不如少一事状。以阴天子脚下的崔判为例，这位在唐太宗时期任兹州令，后升任礼部侍郎的崔珏，不也为老上级情面而后门大开，为皇上平添阳寿二十年吗？仍是这个崔判，后来又因"受私卖法，查观不清"而惹出"五鬼闹判"的故事。判官如此，小鬼可想而知，难怪民间有"阎王好见，小鬼难挨"之精辟总结。足见这里的一切无不具有现实生活的影子，一个被异化了的人类世界，无时不在地折射着人类一切无不具有现实生活的影子，一个被异化了的人类世界，无时不在地折射着人类社会的精神。几千年来的潜移默化，作为一种文化基因，已经潜入每一个中国人的思维模式中，无论你信与不信，都使丰都成了一座世界独一无二的鬼城而撼动着游人的万千心魄。

望乡台上阴风飒飒，传说人死后经阴天子发落后带上望乡台，最后看一眼家乡和亲人就去喝孟婆的迷魂汤，忘却前生一切另投人世。行至此，孟婆的茶我当然要喝，于是本来便不很聪慧的头脑便越发变得糊涂。在山下购得一张"路引"，就是阴间的通行证，带给家中八十四岁之老公公。卖者说，人死后执此盖有丰都公章的路引能顺利通过十殿阎罗的审查，直到阴天子前发落，免受一切苦难。我想，老公公百年之后，执此通行证上路，不但省却了"鬼门关""奈何桥"等等诸多麻烦，也躲过了崔判及诸多小鬼的纠缠，两块钱的事儿，买此方便何乐而不为，遂购了细心装好，千山万水地带回西安，恭敬献上。

孰料，老爷子一见，雷霆大发，怒喝一声："你是不是盼我死！"

我叫苦不迭，自知是孟婆的汤喝坏了。

上车伊始

是上车伊始,不是下车伊始。

我上的车很具体——北京二一二吉普,车号学字1025——我在驾校学了半年汽车驾驶。

那辆烂旧的北京吉普于我亲切得如同老祖母,它虽然通过了车检,毕竟老了,毛病依然不少。这样一来,我们修车的技术毫不含糊地比开车技术还突飞猛进,教练自豪地对我们说,有这辆车垫底,什么样的车咱们都能对付。事实证明,教练的话是千真万确的。

初开车上路那天,天空晴朗,万里无云,金黄的菜花开得很热烈,青绿的麦苗也长得很像回事,我们车上的六名学员心情都很愉快,教练戴了一副会变色的眼镜,女士们还描了点儿眉什么的。总之,大家把这一天盼得很久了。

教练把车开到去临潼的公路上,对我说,你先开。我有些受宠若惊，直谦让。车友们见状，齐声说："叶大姐，让你开你就开。"我知道，他们当面叫我叶大姐，背后都管我叫"一〇二五车第一危险人物"，在场地钻杆训练中我还荣获过"瞎猫"的称号。让我第一个开车的意义在于，有我这危险人物垫底，他们便有了比衬，增添了勇气与信心。倘让很有些功底的尤黎明来开，学员中难免不出现一蟹不如一蟹的恐慌，产生心理压力。

第一次坐司机座上开车，感觉空前的美妙，那情景竟与坐车有天壤之别。想这庞然大物拉着各色人等将在我的操纵下在路上飞速奔驰，使我之伟大在黄花绿麦中得到充分体现，便分外骄傲……得意之色时闪在脸上。

教练让我集中精力。

发动、打指示灯、按喇叭、挂挡、松手闸、慢抬离合轻加油，汽车缓缓移动，一切进展良好顺利，动作利洒漂亮，博得车友喝彩。

然而，车行不过两米，车头突然左转，继而横穿公路，向对面一棵杨树照直而去。我惊呼："怎上树了？停！停！"

在车与树即将亲吻时教练踩了刹车，转过脸来说，你问我它怎会上树，方向盘在你手里，我还要问你呢！车又不是骡子，你喊停它就停？靠声控装置制动的汽车甭说中国，连世界还没有研制出来呢，你倒玩了个新潮。

车友们对我的水平早有所料,平静若常,显得他们处变不惊,庄重自强,倒是公路上来往的车辆,来了几声急刹车,有如拍警匪片似的热闹。

摆直车辆继续前进,胜败乃兵家常事了,好心情并未受影响。

路前方有村童与狗在横穿,教练不知受了什么启示,突然发问:压人还是压狗?如此简单问题何须思虑,我毫不犹豫答曰:压狗。教练大吼:"你他妈不会刹车!"我恍惚记起,原来汽车还有刹车装置。

在高陵镇,一农村老汉脑上顶着水晶镜子,甩着烟袋优哉游哉地绕着公路上的一片大水洼走在路中央,教练吩咐:减速减档。缘于自行车减速必捏闸的习惯,我用手使劲儿捏方向盘,车未减速,以三挡之急冲入水洼,分开一道水路,掀起一阵大浪,溅起两条水龙,汽车顿时变作了巡洋舰,乘风破浪于水坑之内。教练啪地将车刹住,泥水顺着挡风玻璃往下淌,玻璃之外已看不清子丑寅卯。回首再望老汉,正立在水中发呆,优哉之情荡然无存,脑盖上的眼镜已与挡风玻璃无异,浑身之模样,如与兵马俑同出一坑。

车开过三十公里便找到了感觉,速度也相应加快。教练在一边不断提醒:"制动减速!减速!你这人开快车怎不教就会!"而我每要刹车先低头找刹车板,又遭教练多次训斥。我最怕对面来车,每当错车时都紧张,都嫌公路太窄。又有"东风"卡车拉着一车煤,老虎一般由对面冲过来,我本能地把身体往右躲。教练说:"你这样开车算什么姿势?瞅准中线照直开你的,只要你不越线,它自然让你,你越躲它越往过压,它倒是过去了,你这边压人了。记住,两强相遇勇者胜,两勇相遇智者胜……"

我非勇者,亦非智者。教练的话尚未说完,我的车为躲"大老虎"已滑进麦地,在嫩绿松软的田地里一通自由驰骋而终于自动熄火,停下来。由于颠簸,车上多人脑袋被撞出大包,开车最佳者尤黎明竟然血流满面。

教练开车,将一车沮丧学员送进医院包扎。有人捂着头说,要不自动熄火,她还踩油门任着车跑哩。教练就批评我刹车意识太差,这为开车之大忌,难怪大家把我列为一号危险人物。我说我也很痛苦。教练说,不以成败论英雄,上车伊始,能开这样就很不错了。

第一次开车的印象与教训是极为深刻的,由此刹车意识在脑海中竟变得十分强烈。路考中,我以稳练技术得到考官的最高分数,几次刹车都刹得很漂亮。

会加油便要会刹车,相辅相成,相制相约,只是一切要做得顺情自然。"过与不及皆罪也",其实生活中何尝不是如此,轻重缓急,静动进退,难就难在分寸的拿捏上。

翠峰山野人探秘

若有人兮山之阿，被薜荔兮带女萝，
既含睇兮又宜笑，子慕予兮善窈窕。
山中人兮芳杜若，饮石泉兮荫松柏，
君思我兮然疑作。

——屈原《九歌·山鬼》部分节选

我九十年代到秦岭考察傥骆道，在一个闷热的下午，行走在寂静无人的山道上，有昏昏欲睡的感觉。当时是一位姓熊的向导陪着我走路，他看到我迷糊得眼睛也快睁不开了，就建议我在路边歇一会儿。我坐了，老熊将手里的棍子朝着要去的方向摆正了，就到山溪边去舀水，嘱咐我千万不敢乱走动。老熊刚转身，我就迷迷糊糊睡着了。一小觉醒来，见老熊还没有回来，我就朝沟底下喊，刚喊了两嗓子，就见老熊匆匆从底下爬上来，急急火火地制止我不要喊叫。我问为什么，他说在山里是不能大声喊名字的，山里有山鬼，那家伙精得很，听见人的名字就记住了，晚上会跑到你的屋前装作女声，叫你名字，作弄你。我问老熊遇到过没有，他说怎的没遇过，山里的男人常碰上这号事。我问他开门了没有，老熊说哪个敢开哟，山鬼是妖精啊，人和妖精哪里玩得起！我说偌大山峦，山鬼哪里就会让我们碰上。老熊说你刚才犯眯瞪就是山鬼在作怪，山鬼就在附近，它们常常跟行路的人开玩笑，把你弄糊涂了，让你在大山里瞎转，几天转不出去，要不我怎会把棍朝着咱们要去的方向放哩，它想日弄咱们，哪有那么容易，山鬼再精，也精不过人去。我问山鬼长得什么模样，老熊说和人差不多，浑身是毛，爱笑，灵活，多动，说话唧唧的，会学人语。我说那不是山鬼是猴子，老熊说猴子会用两条腿走道吗？会学人说话吗？不会！

  那是我第一次听到秦岭山鬼的说辞，虽是姑妄听之，不甚相信，但再在山间行走，毕竟规矩多了，不敢造次，终归是在人家的地盘上哪！山鬼到底是什么模样，这个问题颇让人思索，屈原《九歌》中的"山鬼"是"饮石泉，荫松柏""被薜荔，带女萝""含睇宜笑"的窈窕女子。我见陕西国画院画家耿建画过一幅《山鬼图》，画中女子妖艳无比，半身裸露，戴野花，披青藤，依松柏，驭虎豹，斜睇含情，极富感染力。如是这样美丽的山鬼半夜叫门，山里的爷儿们将其拒之门外实在是岂有此理！历史资料中有关山鬼的记录比比皆是：明朝学问家王夫之解释说，山鬼，盖深山所产之物也，亦胎化所生，非鬼也。《本草纲目》说，狒狒，出西蜀及处州，山中亦有之，呼为人熊……长丈余，逢人则笑，呼为山大人，或曰野人及山魈也。《山海经》说，枭羊，人面、长唇、黑身、有毛、反踵，见人笑则笑……《南康记》说，（野人）通身生毛，见人辄闭目，开口如笑，好在深涧中翻石觅蟹食之。又云，木客（野人）生南方山中，头面语言不全异人，但手脚爪如钩利，居绝岩间。湖北人将山鬼呼之为魈，又叫山魈，野人，据说神农架绵延大山，出产此物。近几年，科考队一个接一个进入神农架，遍寻野人，以探索这个未解之谜。2001年，我到神农架采访寻找野人的志愿者张金星，看到老林深处，时有"野人出没处"的标牌站立，还有一些刻有中英文标志的"自然探秘"石桩，更有"禁止进入，以防迷失"的提示，看来，山鬼在神农架是闹腾得厉害。

神农架旅游，打的是"野人"这张牌。

神农架南有长江北有汉水，属秦岭山系大巴山东段，从秦岭南坡沿汉江而下，过十堰往南不远就是神农架，跟神农架相比，秦岭腹地林更深，沟壑更多，地形更复杂，在秦岭的太白山走失的人也不在少数，隔几年公安局就得兴师动众在山里找回人，游人但凡到了让人来找的份儿，结局都不太美妙。当然，这些迷失在于人类自己，跟人家山鬼没有关系。

这样的复杂山林出个把野人实在是不足为怪。陕西有关野人的传说，我始见于清代袁枚的《子不语》，内中诉说十分详细：

西北妇女小便多不用溺器。陕西咸阳县乡间有赵氏妇，年二十余，洁白有姿，盛夏月夜，裸而野溺，久不返。其夫闻墙瓦飒拉声，疑而去视，见妇赤身爬据墙上，两脚在墙外，两手悬墙内，急前持之。妇不能声，启其口，出泥数块，始能言，曰："我出户溺，方解裤，见墙外有一大毛人，目光闪闪，以手招我。我急走，毛人自墙外伸巨手提我髻。至墙头，以泥塞我口，将拖出墙。我两手据墙挣住，今力竭矣，幸速相救！"赵探头外视，果有大毛人，似猴非猴，蹲墙下，双手持妇脚不放。赵抱妇身与之夺，力不胜，乃大呼村邻。邻远，无应者，急入室取刀，拟断毛人手救妇。刀至，而妇已被毛人拉出墙矣。赵开户追之，众邻齐至。毛人挟妇去，走如风，妇呼救声尤惨。追二十余里，卒不能及。明早，随巨迹而往，见妇死大树间，四肢皆巨藤穿缚，唇吻有巨齿啮痕，阴处溃裂，骨皆见，血里白精，渍地斗余。合村大痛，鸣于官。官亦泪下，厚为殡硷，召猎户擒毛人，卒不得。

文中所言之事发生在陕西咸阳乡间，能用"巨藤"缚人"四肢"，当为山林，"追二十余里，卒不能及"当是如今周至、户县地界的秦岭北坡，彼时的秦岭北坡大树参天，风草长林，植被远远优于现在，野人蹿入村野住户大概不是妄说。我问过周围的周至朋友，知不知道秦岭的野人，他们都说听老辈说过。周至文人王安泉说他父亲年轻时在山里背粮，还见过野人，在众人大声疾呼下，野人慌忙逃窜了。张兴海听他祖母讲过野人的事情，说野人抓到人以后会攥住人的双手，笑昏过去。安泉说过去山里人都备有竹筒，带在身边，遇到野人就套上，野人攥住了双手，只要将手从竹筒里抽出来，就能逃脱。也有说法，说野人就是秦时藏入深山的祖先，他们一把拉住你，会大笑不止，然后反复地问你，长城仍在否，你只要说，修长城！野人自会松开你，跑到林子深处去了，他们怕秦始皇将他们拉去修长城……

权当个笑话听吧。见过野人的安泉父亲已经作古，兴海的祖母也是走得远了，就如同《子不语》中颇具传奇色彩的描述，它与我们产生了距离。2002年，我在查阅周至历史资料时无意间看到一条小补白：说一个地质工程师，在周至翠峰山看到了野人。这位工程师姓甚名谁，在哪里工作，哪年哪月几时在翠峰的何处见到什么样的野人，全没有记录，实在是遗憾。尽管只有短短的两行，不足二百个字，尽管是躲躲闪闪，讳莫如深，但终归给我们留下了"翠峰野人"这一扑朔迷离的信息。并且韵味十足！

我问过当地老乡有关野人的事，他们说以前有人碰上过，但是近些年没有了，之所以没听说，是进山的人没有了。翠峰东面修了108国道，车来车往，去汉中，去佛坪，方便得啥似的，谁还走那古代的蜀道，荒山野岭，层峦叠嶂，登路盘曲，蛇径嵯峨，走几天不见一户人家。有人说，因再无人行走，山道已经被杂树藤蔓遮严，野人纵然繁殖茂盛，又有谁人知道？我几次到过翠峰，都在山的脚下活动，没有勇气进入到它的腹地，面对眼前苍茫的群山，常常地感动，由感动产生敬畏和仰慕，它实在像一本博大精深的书，让人读不懂读不透读不完。翠峰有一条大大的山谷，乡政府就坐落在谷口，那是一个小小的热闹所在，小商店小旅社也是一应俱全的。沿沟而上，路旁有俊美的橡树林，有茂密的竹丛，再往上，庙宇相连，伽蓝错落，山峰环耸，溪流清澈，一派好景。离开道路往山的深处走，便到了山的内里，那里林幽谷暗，鸟道难行，除非是当地有经验的山民，一般人极少进入。

野人的事终归是个谜，让人魂牵梦绕。

遭遇过翠峰野人的工程师是绝难寻找了，但是最近翠峰乡丁家凹村村委会主任丁炜平给我提供了一个线索，说翠峰乡农林村曹家庄有个叫杨万春的农民，在山里看林子时碰到过野人。二话没说，我和文学朋友张长怀在丁炜平的陪同下立即赶到了曹家庄。我知道，此事刻不容缓，找到亲历者，获取第一手材料，是非常重要的，一旦当事者不在了，一切便成了传说，便成了"子不语"。

曹家庄庄子不大，在山的脚下，杨家是一普通农户，土墙土房，生活并不富裕。杨家的老婆婆黄桃花在门口站着，见了我们一脸的茫然。听说要找她老汉杨万春问野人的事,她告诉我们她男人杨万春已经死了好几年了。大家一时都有些失落,老婆说她男人见到野人确有其事,那天她是跟着男人一块进山的,那件事她也是极清楚的。原来,这两口子是从陕南镇巴县迁来,并非曹家庄的土著,来到翠峰乡安家以后,一直在山里给林场看杨槐林子。杨万春不会做饭,就把媳妇黄桃花带上,在山里一住就是数月。1976年8月的一天早晨,太阳刚刚出来,杨万春到翠峰西南一个叫夹夹项的地方去砍树,黄桃花在棚子里做早饭,早饭做好了,等啊等啊,等了大半天不见男人回来,直到太阳快落山,才见男人满身泥土,一脸惊恐地回到驻地。问怎的了,说是遇见野人了,差点儿被野人吃了。杨万春说他在林子里伐木头,听到崖上哗啦哗啦响,以为是黑熊,抬起身看,一个东西已经走到跟前,直立如人,棕红长毛,巨口黄牙,像个野人。那野人见到杨万春,吧唧着嘴,磕着牙齿,想要撕咬他。杨万春的斧头轧在树上,拔不出来,就与野人对峙着。野人也不走,冲着杨万春呜呜地磕牙叫唤,满嘴冒白沫,那声音不好听,像笑。杨万春看到野人的脚很大,胸部突出,有大乳,像个雌性。对峙到后来,野人不耐烦了,冲过来,双手端起杨万春把他扔到一边,自己呼啸着往西南更深的林子里去了。黄桃花说,一连几天,她丈夫的情绪都不好,晚上净是噩梦……虽说黄桃花那天也在林子里,毕竟她没有亲眼见到野人,这种间接的叙述总是有所欠缺。我们临走,黄桃花又提供了一个重要信息,翠峰乡走马岭6组的庞根深当年也在同一地点见过野人。

我们马不停蹄地赶到走马岭,终于找见了61岁的农民庞根深。老庞是个老实本分的农民,住在岭上,三间土房,周围有竹子清泉美石杨树,家中有黑狗花猫黄牛和一个如花的女儿。

老庞说他见到野人,和杨万春是同年同月同一地点,时间相差10天左右。那天他到夹夹项割竹苗做扫把,从梁上往下走,对面坡上下来个人也往下走,两人在河沟边撞上,一时都愣住了。老庞说,我在山里,从来没见过这样的"人",把我吓坏了!我们让老庞详细描述一下那个"人"的模样。老庞说,我跟它不过三丈远,看得太清楚了,那家伙身材高大,比我高出近乎一米,周身棕褐色长毛,头发尤长,披肩发一样地披着,眼珠是黄的,嘴很大,嘴唇很厚,是地包天,指甲很长,钩一样弯着,看样子很利,脚也大,能抵我一个半。我想,这一定就是平时大伙说的野人了,真后悔没弄个竹筒子随身带着。野人冲着我叫唤,短声哈哈的,长声像公鸡打鸣。我问是雄还是雌,老庞说是公的,野人下头的阳具有这么大,跟驴的一样。老庞说着用手比画了一下,足有三四十厘米。

我说,后来呢?

老庞说,后来,我就慢慢往后退,靠在了一个土崖上,我左手举着镰刀,右手伸到后头,抠下了一块大石头,使劲地朝野人砸过去。石头砸在野人胸口上,野人大叫一声,扭头就跑,它跑得太快太敏捷了,把一棵10厘米粗的杨树压倒,骑着杨树跑了过去。我也没心思割扫帚苗了,赶紧回家,一想起来就后怕,那股劲儿许久过不来。这事不知怎的让西安的人知道了,来了两个人,一个姓黄,一个姓牛,他们不相信秦岭会有野人出现,让我带他们到出事地点去看,我就把他们领到了夹夹项,他们看到,我当时抠的那块石头窝窝还在,被野人骑倒的杨树还在,他们在杨树上寻到了野人留下的三根毛,夹在日记本里带回去化验了。后来有消息带给我说那毛经化验不是人的毛发……这件事当时还登在了《陕西日报》上。

老庞说,大山里的许多事情,说不清啊!我问最近还有没有野人的消息传出,老庞说再没听说,没听说的主要原因是年轻人都往城里跑,没人钻山沟了。也不让打猎了,也不让砍树了,山里连根竹苗苗也不让动了,进去做啥呀?政府正把山里的零散山民往山外搬迁哩……

在老庞家着着实实吃了一顿翠峰农家饭——酡酡面,下面的菜就是屋前屋后挖的山野菜,面筋汤美,让人不忍撂筷。我端着大糙碗蹲在庞家台阶上吃面,黑狗也来瞅嘴,花猫也来瞅嘴,公鸡母鸡唧唧咕咕地也凑过来,倒显得我有点儿矜持。就感觉出山里人的实诚自在,感觉出这片山水的清绮神奇,翠峰有野人也罢,没野人也罢,在这一刻显得并不十分重要,调查的本身,讲述的本身是一个很有意思的过程,是一种魅力,翠峰山的魅力。谜的存在,会使这里增添无限奇趣,真水落石出了,便也没了意思。

五柞探幽

深秋，循着蜿蜒山道向上，我和朋友们去探访五柞宫的遗迹。

五柞宫在周至辖内九峰乡，是汉武帝的行宫之一，属上林苑范畴。

我们去的这天天空阴霾，谷间雾气蒸腾，路边有柿子树，叶子已经焦干，枝上挂着火红的果实，如山间闪烁腾挪的火焰，让人的心也腾起一阵阵的热。沿途树木，有楸有栗，有桦有漆，独独没有柞。柞树又叫栎，叶硕质密，以能饲养柞蚕而备受农家关注，柞蚕丝的衣裳无论在古代还是今天，都属于上品，为女性所爱。陕西有柞水县，贾平凹在柞水溶洞前有联，"今日陕南人，来生洞前柞"，表明了作家对柞的钟情和崇敬。以柞为水名，为县名，足见柞在秦地的普通广泛，可是唯独，名为"五柞宫"的地域却不见柞树，连柞的苗裔也未见一株，莫不是满山的柞树都随着汉武帝去了？

缓缓地向上，山路并不陡峭，四周土润山清，溪声汩汩，吸一口深秋清冷的空气，肺腑立刻变得清澈爽朗，人也有了精神。脚下有房舍，有汉子在劈柴，有女人在院中剥玉米豆，黄狗朝着山道吠，做出看家护院的架势。一老汉，用枝条赶着肥猪朝下走，相逢站下搭话，说是"要把这货送屠宰厂去"。"这货"不急也不恼，晃晃悠悠，哼哼叽叽地走得很主动，很有速度。转过一道坡，鸡声犬吠抛在了后头，见到了宽阔舒朗的平台，见到了成堆的瓦砾和无数苍劲的老树，朋友说这就是五柞宫的遗址了。就站下看那遗址，光亮亮一片地，歪斜斜几间屋，南侧有大石垒就的墙，长满了青苔爬满了藤蔓。两三妇人在诵经，穿着家常衣裳，唱得很轻柔，一问，原来是常住在此的居士，一方面礼佛，一方面是为了照顾南屋年近九旬的老尼。遗址西侧有高冢，妇人们介绍说是妙严公主的陵寝，那墓冢随着时光的流逝在长大，是个很神奇的所在。主人用糙碗端来土茶，抓来一把核桃，顺手递过来一块汉代老砖，让砸着吃。

核桃是新的，砖是老的，新与老的碰撞便撞出了历史，撞出了文化。名声威震的汉武帝在这里走完了他71年的人生旅程而撒手人寰，这里应该是中国历史变化的一个重要驿站，是研究汉代政权交替一个不能不来的地方。据说当时的宫院中有过五棵三人抱不拢，上枝荫覆数十亩的柞树，因了它们这座宫殿便有了自己的名号——

五柞宫。"五柞宫"和"未央""阿房""万寿""长杨"一样,名字在中国的史籍中时时可见,那些宫殿,几乎每一座都发生过动人心魄的故事,发生过残酷的阴谋与杀戮,每一座都承载过歌舞升平,承载过斑斑血泪。现在,五柞宫的五棵树不在了,荒凉的半坡上什么都没有了,包括那些辉煌的宫宇和不可一世的皇帝,也包括那些趋炎附势的人。人世更替,不过是瞬间,无论是尊贵还是低贱,富裕还是贫穷,内在的质量是一样的。五柞宫是汉武帝的终结之地,五柞宫遍阅了汉代的繁盛与衰败,五柞宫应该是活得最清醒最明白的,今天我们寻访五柞宫,寻访的就是这清醒、这明白。

汉武帝是有雄才大略,善于用人的盛世君主,尤其是电视剧《汉武大帝》热播之后,艺术化形象化的刘彻更是深入了千家万户,成为人们茶余饭后的话题。站在五柞宫的废墟上,面对广阔的关中平原,面对滔滔东去的渭河流水,且不谈论他那难以抗拒的个人魅力和复杂微妙的情感生活,只是思考着他与脚下这片土地的一次次接触,便让人生出无限的感慨。连接我们与他的是这片地域,是浸透过宫廷气息的黄土和砖头瓦砾,通过它们,我们可以将时光拉近。

这里曾是皇帝的猎场和休憩之所,史书记载,"五柞宫在周至县东南三十八里,汉之离宫也。"汉武帝是个崇尚武功,喜欢征服猎杀的人,他有着君临天下的风采和不可一世的张扬。他狩猎走的是两个极端，或微服轻骑，或大张旗鼓。微服时"常以夜出，自称平阳侯，旦明，入南山下，射鹿、豕、狐、兔，驰骛禾稼之地，民皆呼号骂詈"。《资治通鉴》记载了一个很有意思的故事，说汉武帝微服狩猎，半夜行到一条叫作伯谷的山沟，现在想来应该是耿峪，因文中提到后投宿长杨、五柞等诸宫，五柞宫便是在耿峪峪口。汉武帝在伯谷寻到一农家，进门张口就让主人拿浆来。主家老汉也是个倔，冷着脸说："没浆，只有尿！"老汉看汉武帝的装扮像个盗贼，便召集了村里青壮汉子前来擒拿。主家老妇人头脑很清醒，她看来者面貌奇伟，举止非同一般，便料定此人大有来头，劝阻老汉说："客非常人也，且又有备，不可图也。"老汉不听，老妇人就用酒先将老汉灌醉，用绳子绑了，遣散了青壮，杀鸡待客。第二天，汉武帝回到宫中，召见老妇人，赐以千金，封老汉为羽林郎。汉武帝召见老妇的宫殿，应当就是五柞宫，文章言明"次日"，实则是夜间发生的事情，白天赏钱赐官，老太太进宫，当就近进的是五柞宫，不可能远去长安，进什么其他。汉武帝狩猎，更多的是张扬，那是一种示威天下的大举，辉煌高远，威风八面。据史料记载，汉武帝每次出猎，要动员数十万众，让这些人进秦岭为之驱赶动物，他的随行诗人王宜彪记述了汉武帝当年狩猎的情景：

  白马金鞍从武帝，旌旗十万猎长杨。

  楼头小妇鸣筝笙，遥见飞骑入建章。

如此大举行猎,是后来历代帝王所不能与之相比的,数十万人"罗千乘于林莽,列万骑于山隅",将虎豹熊罴,鹿麂狼豺赶至山口捉住,运至射熊馆圈养在巨大的围网中,责胡人徒手与野兽相搏,败者成为兽类之餐,胜者自取其获。汉武帝本人则高坐馆台之上,以观其乐。史书记载了当时人兽相搏的盛况:"千人唱,万人和,山林为之震动,川谷为之荡波"。这大概是中国最早的斗兽场场面了,情景当与古代罗马斗兽有异曲同工之妙。与罗马斗兽不同的是,罗马的奴隶主只是观赏,咱们的汉武帝不但要看,还要亲自参与,汉武帝在射熊馆中"驰逐野兽,自击熊豕","搏熊一日三十只"。一天跟三十头狗熊打架,称得上是孔武有力,盖世英雄。那时候,五柞宫周围还有长杨宫,葡萄宫等等,连成一片壮阔的宫殿群,千灯万盏,千门万户,层台累榭,斗拱飞檐,与山河同光,与日月辉映。长杨宫有千余垂杨柳,五柞宫有五株巨大柞树,葡萄宫种植西域的葡萄,几十里覆盖着大量奇花异草,仅各国进贡的名木花卉就有三千余种,大汉帝国在这一时刻走向了峰巅。

射熊馆的土地承载过多少血腥与杀戮已无法计算,时光将那一页轻轻地翻转过去,正如五柞宫的柞树痕迹无存一样,两千年后,五柞宫、射熊馆的地名虽然依旧存留,但一切已是面目皆非,汉武帝和他的随从护持,猎犬战车,轰轰隆隆疾驰过去,走得远了。

现今五柞宫的遗址上有雕刻精美的大型柱础,础的中心已经注陷，一问是几代农人砸辣子所用，就想到了"旧时王谢堂前燕，飞入寻常百姓家"的诗句，顶扛大厦的基础，变作小门小户的炊具，历史的翻云覆雨，残酷无情，让人惊心，倘若居住在五柞宫的汉武帝能够穿透时空，目睹今日的情景，"旌旗十万猎长杨"的壮举当会有所收敛，追求神仙的脚步也会稍作停留。后元二年（公元前87年），七十一岁的汉武帝游幸五柞宫，在宫中一病不起，按说，依着武帝"日搏熊三十"的体质，绝不至于这般快速地衰败，从病到死不足月余，从死到葬整整十八日，这大约与他平日求仙服丹有关。凡丹俱含铅汞，都是在体内能够滞留的东西，慢性中毒，集中到七十一岁来了总发作，无可救药了。有专家考证，汉武帝"废黜百家独尊儒术"不过是学术上的一个谎言，实际上汉武帝尊方士之术甚于儒术，汉武帝追求的是长生与不死，他身边豢养了一大群方士，所推崇者惟栾大和方少翁。栾大向汉武帝灌输"黄金可成，而河决可塞，不死之药可得，仙人可致"的思想，点金炼丹，取悦皇帝；方少翁则装神弄鬼，使汉武帝已故的王夫人帷幕后现身，使皇帝常常处于虚幻迷浑状态。栾大被封为"五利将军""乐通侯"，娶了卫长公主，贵为驸马；方少翁被被封"文成将军"，在朝廷中当神敬奉，无人敢碰撞。汉武帝一辈子在求仙，一辈子在受骗，怀着修炼成仙，乘龙登天的愿望，最终为"成仙"所害，将人生的句号画在了离宫五柞。

繁华尽，风云歇，热热闹闹的狩猎，归于静寂。我坐在不知年代的石阶上，清风习习吹来，有秋虫在墙缝间鸣唱，潮湿的苔藓上传递出一股遥远的信息。这风这虫这砖应是当年的老物，它们见识过弥留之际的皇帝，见识过那猝不及防的慌乱和哀痛，甭管这伤痛是真是假。汉武帝在去世的前一天，躺在龙榻上，意识已经游离，目光也已散乱，一时明白一时糊涂，内侍宣读遗诏，立小儿子刘弗陵为太子，霍光为大司马大将军，金日䃅为车骑将军，上官杰为左将军，三人与御史桑弘羊皆拜于武帝床前聆听遗诏，受命共辅幼主。第二天，汉武帝驾崩，太子刘弗陵继位，即汉昭帝。

我想象着凄风苦雨中，汉武帝离世前在五柞宫的不甘与无奈，身为九五之尊的皇帝，没有什么缺少，没有什么不能办到，但却挽回不了自己的生命，在清静的半山，在柞荫浓郁的五柞宫，仓促地谢幕了。他被葬在河对岸的茂陵，天气晴好之日，五柞宫与茂陵能遥遥相望。"千秋万代名，寂寞身后事"，闲寂下来的皇帝，背靠着兴平巨大的高冢，望着五柞宫，想必有的是足够时间对生命、对人生、对江山社稷作深刻反思……

五柞宫遗址上存留的平房，已然不是当初物件，老眼昏花的老尼病病歪歪，已不能起炕，却一门心思要化缘修庙。跟她聊天，尽说些不着边际的话语，让人听不明白。有人花钱要买那雕了花的柱础，老尼不卖，说将来盖庙还用得着。跟她说这儿曾经是汉武帝待过的地方，老尼不知汉武为谁，也搞不清汉朝是哪一朝，嘟嘟囔囔说，朝代换来换去，皇帝只有一个，细想，话语间竟然也透着禅机。我给了她一张大票，却不识，翻来覆去地看，问能买几片瓦。我说不是买瓦，是给她买面买米，改善生活的，老尼顺手丢在枕边说，大殿昨天晚上塌了……我不知道她说的"昨天晚上"是不是汉朝。

言谈中，天际泛出一片红光，将整个山坡映照得光明柔和，那些残旧砖瓦峥嵘老树一时光芒通亮，朋友们见此异相纷纷道神奇，举起相机嚓嚓地拍摄。

有谁说，是汉武帝回到了五柞宫。

第五章 旅途之见

人生难得有翻越这样雄伟高山的机会,也难得有这样对生命和意志进行挑战和考验的机会,超越高山,超越自己,便是人生一乐。

翻越唐古拉

我要翻唐古拉，背上行囊就动身了，没有前思后想的犹豫，没有拖泥带水的准备，有的是一腔自信和对山的无限虔诚与热爱，我想我能行。

在格尔木下火车改乘长途汽车，据云这里是铁轨的终点，沿路荒蛮的戈壁和密如蛛网的防沙坑足以见铁路修筑与维护之艰难，后面的路要靠汽车轮子代替了。我将行李甩在汽车顶上，随身只带了馒头、水和一筒氧气。氧气是在车站临时买的，那是因为出发前听了李佩芝的话：一位作家，坐车翻唐古拉，在山口要看纪念碑，刚走到车门口就昏倒了……我虽然认为我不会昏倒，但我不能不防万一。

汽车司机叫王俊岭，西安三府湾人，我赶着叫了几声乡党，为的是使他加深印象，半路上我真绝了气儿，他好拦车着人往回拉。王司机很客气，对我半生不熟的西安话也没持怀疑态度。我让他在唐古拉山口停一下车，届时我要下去看看。他想了想，说行。我知道乡党给了很大面子，一车人在海拔那样高的地方停留，什么事都有可能发生，保不准出事的就是我自己。

车出格尔木，路很直，漫坡向上，一直伸到遥远的天边。周围旅客也很快熟识起来，竟是一色陕西人，右边张女士是长安画院的，左边西藏小兵是宝鸡人，后头大胡子是临潼人，也是司机。汽车呜呜地吼，多用低速档慢行。我奇怪王司机竟不怕费油，大胡子说，高原缺氧，燃烧不充分，跑不起来。我说我怎还不觉得缺氧？小兵说等过唐古拉你就知道缺氧了。我就把随身带的氧气设备又仔细检查了一遍。

出现了雪山，大家都很兴奋，车前头坐了几个小广东，他们从未见过雪，吵吵嚷嚷地让司机停车，说要照相。王司机不理，照开。后来车停在昆仑山一个叫西大滩的地方，这里是一片草甸，离雪山很近，雪的寒气直渗到每个人的肌肤中。公路边有几家食堂，人们都进去吃拉条子，我在路边坐着，看阳光照耀下的雪山。小兵说，不敢这样呆坐。我说不怕，就有几个穿藏袍的半大小子指手画脚地说我身上的短裤和T恤衫，还笑。女画家说，早晨天气预报，西安今天的温度是三十九度。我想起毛泽东要把昆仑山裁为三截，让"太平世界环球同此凉热"的话来，就想，用不着遗欧赠美，只把其中一截放置长安，三秦父老能解炎夏之苦便足矣。当然，这与毛主席相比未免有些太小家子气。王司机由食堂出来,说这里海拔四千七百米,问我感觉怎样,我说还成,他说成就好,上车!我们又走,天快黑时车过昆仑山口,因为在雪线以上,车窗外面就有雪,晶莹无染的雪,泛着青紫的光。夜极短暂,汽车似乎没驶出山顶巨大的弧,白昼便到来了,太阳由左侧脚下升起,硕大而红润,天地被映得一片通红,有人在唱"天上的太阳红啊红彤彤……"

车在山巅停下,王司机回头喊:唐古拉!我朝外一看,高大纪念碑上"唐古拉山口"几个大红字赫然入目,一座解放军战士的雕像巍然屹立在石碑旁,石像与碑身拉满了藏民们挂的经幡,老百姓们把这条路与解放军与菩萨联在一起,一并顶礼膜拜,一并求助保佑,视之不能不为之感动。我端着相机向石碑跑去,大胡子在车里喊:不敢跑!是的,不敢跑,仅二十几米的距离,我便跑得发喘,脚上踩了棉花般的发软。做深呼吸,气不够用,但质量极高,清醇甘凛得让人嫉妒。碑石记载,这里海拔5280米,意味着这里空气密度是西安的60%—70%,含氧量比平地少40%,气压仅及海平面一半,也就是说,你可以把手伸进滚开的水锅而不必忧虑烫伤……壮丽的群山,开阔的视野,衬以蓝天白云,人便显得顶天立地的高大。唐古拉山的大气,展示着人生的大气,就想到修这路的人,想到沿途兵站里驻守的兵们,想他们的胸襟气魄,一定壮阔得不得了。

人生难得有翻越这样雄伟高山的机会，也难得有这样对生命和意志进行挑战和考验的机会，超越高山，超越自己，便是人生一乐。

回到车上，自豪之情油然而生，整个大脑被壮志豪情撞击着，很兴奋，光想笑，话也多，比手画脚说个不停。西藏小兵让我坐下，老老实实待着，说我这些表现是脑缺氧，是高原反应，下一步就该头疼了。

果然。

身无分文走拉萨

我坐在西藏色拉寺措钦大殿的石阶上,心里一片茫然,空落的感觉自那个毫不讲情面的人以"门票"为由,将我身上仅剩的十元钱掠去之后便开始了。当我在措钦的台阶前,翻遍全身口袋,的确再没找出一个硬币,一张毛票的时候,可怕的预感终于得到证实——在这千里之外的陌生之地,我已身无分文了!

原本是一趟富富裕裕的旅行,进藏前唯恐路途不安全,而将费用存入"牡丹卡",揣着"一卡在手,走遍天下"的自信,带着不为钱而伤神的潇洒,大摇大摆奔西南而来。孰料,为怕伤神竟大伤其神,进入拉萨数日后得知,整个拉萨没有一家工商银行。于是乎,手中亮晶晶的银卡霎时变成了废片,我也由优哉游哉的游客变作了一文不名的穷措大。

这实是始料未及的,向家中请求电汇支持,时值暑假,大家亦已南戴河北戴河地各奔了东西。

色拉寺在拉萨的几座寺庙中较为偏远,游人不多,进进出出唯有穿红袍的喇嘛。几个小藏孩儿把我当作了披发左衽的外国人,围着我先是哈罗哈罗地喊叫,后来又将拇指竖起,上下垂直摆动,嘴里念着:"格拉咕叽,咕叽咕叽。"我说你们甭哈罗了,我是中国人。他们听不懂我的话,依旧哈罗,依旧咕叽咕叽,当我明白他们最终的目的是"要钱"时,心内更为泼烦,不禁大喝一声:"没有!"孩子们吐舌挤眼,纷纷逃离,远远地丢过几颗石子,砸在我的手臂上。散几个小钱,乃区区小事,往日何至于此,然而自己瞻前顾后尚在茫茫中不知作何究竟,哪有闲心闲钱行此善举?依着原来计划要去那曲观赛马,去日喀则看藏戏,凭着高兴与否,尽可赋归去来兮。而今,欲往不可,欲归不能,集一生所遇,怕也难寻这般尴尬了。

头顶蓝得发暗的天空有几只鹫在盘旋,翅膀一动不动,在苍穹划出优美的弧线。庙后的色拉乌孜山上有天葬台,拉萨地区的藏族死者大都在这里由天葬师送上朗朗晴空。山上那高而平的大石岩,那花花绿绿的岩画,这一切连同那苍凉的山峦与鹰鹫均无声无息,保持着冷峻与沉默。远峰的雪在阳光下闪着光,令盛夏的八月充满了寒意。

我决意离去,也必须离去。色拉寺离我居住的招待所有二十公里之遥,公共车是有的,都是个体承包,车主不会让我白坐,凭我这装束，说没钱，怕没人能信，可我确实没钱，全身上下可变钱者唯有一表，是去年在东京购的超薄型"精工"，事到如今，只有咬牙忍痛卖了，售心爱之物以图存。

一行洋人，在导游引导下鱼贯而入，喇嘛提着精神敲响法鼓，鼓声顿给人增添勇气，我瞅准一个顺眼的洋人，学着那些藏孩儿，喊了一声"哈罗"，竟然语塞，再无下文。洋人惊异地看着我，及至见到我手中扬起的表，便说她的表没丢，还在腕上。导游走过来，不客气地请我"站远一些"，其不屑与鄙视的神情是显而易见的。内心的矛盾与屈辱使我几次产生上前去"解释明白"的冲动，又思量何苦多此一举，不如效古人雅量，唾面求自干吧。或许这种围观兜售的情景导游见得多了，但他绝没有想到这一次，他带有职业习惯的呵斥，轻而易举地击垮了一个内地文人用了一个上午调动全身精神苦苦堆积起来的勇气。

快快出了寺院，顺着沙土路朝城里走。红日当空，依依绿柳，一身孤寂，千里间关，无一不惹人愁思。想那"穷当益坚"的教诲，不过是吃饱饭后与人的调侃，只能充作大言听之而已，真当穷了，何坚之有，首先这肚子就自先软了。自早晨到现在，除用招待所饭票吃过一顿早餐外尚无任何食物进肚，饥肠辘辘中，再也撑不起"坚"的穷酸，下面的路是无论如何也迈不动步了。

不乞怜于人，而人亦无有怜之者，停下脚步，"纵目揽八荒，谁为真男子"？拉萨路上，人来车往，大家都在忙碌。

前面有天府大酒店，情急智生，硬着头皮走进去，问服务员餐厅在何处，对方答曰二楼，遂登斯楼，有气壮山河之势，决心生猛海鲜，不管不顾大吃一顿，最后掏牡丹卡结账。吵一通是必然的，豁出钱没有命一条的死狗劲儿，量他饭店也奈何我不得，终归自家饱了肚子是真的。

走进餐厅，厅内空旷清冷，只靠窗有两个男人在吃饭。服务小姐问我可是用餐，我一时慌乱，将上楼时编的话语竟全部忘完，神差鬼使地指着那两个顾客说：找他们。小姐于是不再招呼，我只剩下了朝那张桌子走过去的份儿。

在两个男人惊奇的目光下我坐在他们中间的椅子上，点头微笑，装作轻松自然的同时刮肚搜肠，寻找合适的语言及解释方式。而此时的大脑，却是放了假般的一片真空。其中的一个男的问我是不是推销员，我说不是，我是记者。在我说"记者"的同时，两个男人的目光迅速对视，又迅速分开，他们不说话，仍旧各自吃着饭，我说我遇到麻烦了。一个男的说，一定是钱包让人偷了，请求援助，这种情景我们在街上尤其是车站什么的地方遇见得多了，您能不能编出点新意来。我说当然能，我的钱包没丢，什么也没丢，于是我将前后经过用中音缓缓道出，讲述中尽量突出细节，尽量增加可听效果，同时将记者证，身份证，招待所住宿证，机动车驾驶证，牡丹卡统统亮在桌子上，以为佐证。两个男人不再交换眼神，吃饭的速度也未受到丝毫影响，眼见着，两盘菜的内容已所剩不多。后来小个子男人问我要达到什么目的，我说目的有其二，其一吃你们一顿饭；其二给我一元车钱，好回招待所，我走不动了。小个子说这可以，就叫服务员又加一碗饭一副筷，却并不添菜。想其时我已斯文扫地，哪顾得上其他，接碗便吃，狼吞虎咽，转瞬碗已见底，让再添饭。大个子见记者如此饭量，有些忍俊不禁，把一盆汤推过来，说他们已经吃好了。

饭饱汤足之后，我细细打量二位"施主"，不过都是二十多岁的小青年，南方口音，斯文白净，问之说是来拉萨出差的。我说，淮阴侯为人中之雄，受漂母一饭，报以千金，我虽非英才，更无千金相报，酬谢自是应当的，万望留下姓名地址。二人说区区小事谈不得谢，但不知下步作何打算。我说只好去找政府部门了，其实政府也未必信得过我……两个人还要去办事，提着包往外走，小个子给了我一元钱，作为回招待所的车资。

回到招待所，我躺在床上犯愁，熬过今日尚有明天。来拉萨，进出皆庙门，所拜皆佛祖，却穷困潦倒如斯，凭礼佛之虔诚，怎不见佛祖对我拈花微笑呢？

傍晚，有人敲门，是在饭店里被我讨扰过的两个南方青年。晚饭后散步路过于此，想起白天的事，便相约进来看看。他们在沙发上坐下,大个子掏出一个包,放在桌上,说是一千元现金,他与小个子商量好了,借给我用,待我回去以后,再还他们。

如此古道热肠,令我感动,思前想后,百端交集,泪下沾襟,详问姓名,南京海天工贸公司,高者邱世平,低者陆松涛。兹记于此,藉申谢忱。

我用一千元,购了去成都的机票。到成都下了飞机,立即直奔工商银行,取钱汇款,还债,一刻不敢耽搁。

一年后,我在西安的北院门拍摄电视剧《家族》,主演是北京人艺的朱旭老先生,我是编剧。在那座老旧的宅子里正忙碌时,有人说有南京客人找,一看竟是邱、陆二位恩人到了。他们看我拍戏,感慨地说,叶广芩,你原来是个腕儿啊!

我说,你以为——

大宁河栈道话古

承武汉《芳草》杂志社与宜昌《三峡文学》杂志社盛情相邀，才得与各地文人共济一舟，游荡于巫山大宁河中。大宁河河水急湍清澈，源于陕西，经巫溪，过大昌，出龙门汇入长江，滔滔东去。河两岸山崖耸立，遒劲峭刻，气势峥嵘，更兼枯松倒挂，飞瀑化雨，景色难以描画。

在秋高气爽之时，入水净山明之地，人也变得透体纯净，陶然无我了。这片自亘古以来便无多变化的净土，人的痕迹除了高挂半天之上说不清来龙去脉的悬棺以外便是留在崖壁上的栈道遗迹了。那些神秘而齐整的石洞，如一排不息的眼睛，望着苍天，望着河水，望着荡舟而过的我们。

有介绍说这是我国现今所发现的保存最长最完好的栈道遗迹，它起于龙门峡口，沿大宁河而上，依山随势一直延伸到陕西镇半县，长数百里。我来自陕西，对研究古代道路有着特殊爱好，见到大宁河栈道的此端便联想到它在镇平的彼端,那里的山水多与此相近,用唐人贾岛的诗来形容是"一山未了一山迎,百里都无半里平",在那深山闭塞之地当年能有栈道与外界相连,这栈道便珍贵得很了。1994年我曾只身徒步考察过五条蜀道之一的傥骆道,那条道路从未有科学工作者将它从头至尾走完过,在连接川陕的七条道路中它是路程最短也是最险的一条。从长安西南周至骆谷进山,行不久便是著名的十八盘和老君岭、父子岭,紧接着要连续翻越几座海拔近三千米的分水岭。道路蜿蜒于秦岭主峰太白山南侧的黑河谷支流之间,升降起伏于人烟稀少野兽出没的原始森林中。傥骆道最初见于历史记载是西晋陈寿《三国志》记魏国曹爽由此道攻蜀及蜀将姜维出骆谷以攻魏等事。唐初高祖武德年间重又开通,唐中期使用频繁,官员赴任、述职,使臣出使,多由此路。五代后逐渐为其他蜀道所代,明清以后彻底荒废。惟其荒废才得以将原貌保存,不似其他古道,为现代化公路所重复。我行此古道时,所见路迹依然,车迹依然,道路宽处可并行二车,窄处亦能三五人携手同行,这真是出人意料的。秦岭山巅,驿站仍在,虽已是断壁残垣,但碑文字迹清楚可辨,临水栈道洞迹竟与大宁河栈道完全相同,九寸见方,一尺余深,孔距五尺,上下两层,均匀排列。是历史的巧合还是因修建于同一时间,这难免不引人思索。《大宁县志》有载,崖壁上"石孔乃秦汉所凿",《蜀碑记》也云宋太祖伐蜀走此栈道。

总之，大宁河栈道是沟通秦、巴、楚三国的重要道路之一，其重要的政治、经济、军事作用不容忽视。《战国策》卷三《秦策》中有这样的文字："栈道千里，通于蜀汉，使天下皆畏秦。"从古代交通分析，以当时秦国首都咸阳为起点，若入巴蜀，由蓝田进商洛渡汉江穿越巴山至长江是一条最便捷的路线，大宁河栈道恰在这条便捷的道路之内，是否系通于蜀汉的千里栈道之一部，尚待专家考证。查阅历史，在南宋与金对峙时期，南宋把秦岭以北的关中皆割给金朝，双方以秦岭大散关为界各扎重兵，由南宋首都建康到汉中地区只有溯长江西上，至龙门峡口弃船登岸折而向北，无疑大宁河栈道也是通陕的首选道路。

关于对栈道本身的记载，历史上也见处颇多。唐司马贞《史记索隐》中提到栈道"险绝之处，傍绝山岩而施板梁为阁"。郦道元《水经注》也说"其阁梁一头入山腹，其一头立柱于水中"。即在河面狭窄，水流湍急，两岸壁立的悬崖峭壁上凿出石洞，穿横木为梁，插立竖木为支撑，在横梁上铺板，人马车辆，沿岸由木板通过。1992年陕西拍摄专题片《栈道》，摄制组拟在褒河利用壁上残存石洞恢复一段栈道原貌，为此很是费了些力气，十余米道路竟用木料两卡车，但人行上去仍觉摇动不稳。有谁引来一头大黄牛，那牛摇头晃脑，拒绝上那栈道，后来任凭抽打拉拽，死活仍不肯付诸实践，执拗不过，牛脾气大发，一蹬腿，跑了。

褒河栈道多高出水面五六米，与大宁河栈道相比当算"低层建筑"，可谓小巫见大巫了。大宁河栈道几乎全部高悬于绝壁之上，这大概就是诸葛亮所提出的"千梁无柱"式栈道了。诸葛亮说"因水大而急，不得安柱"，用从下面斜立在崖壁上的木柱来支撑横梁，起着与立柱相似的作用。当然这种斜柱的支撑能力和牢固程度比起立柱来就相差甚多了，以致人马从栈道上经过时，板响梁震，人们"无不心摇目眩"。大宁河的下排石孔，估计就是当时为安装这种斜柱而凿的。这样形式的栈道，在褒斜道上也有留存，那是诸葛亮第一次伐魏时，为了策应进攻祁山的主力，赵云所修的出兵之路。当赵云与曹真主力作战不利而退兵时，将百余里栈道焚毁，以阻追兵。现在细察石洞，仍可看出火焚痕迹。正是这种斜插于崖壁，上下无立柱支撑的栈道，从低矮的河谷望去，高耸欲飞，凌居湍河之上，与云相接，难怪有人用"栈道连云"的词句赞叹它。

所幸大宁河马渡河口有百余米连云栈道被修复，望着随着山势抛出兜进的雄奇栈道，难免不让人吟出"地崩山摧壮士死，天梯石栈相勾连"的绝唱。

我和同伴们弃舟攀上栈道，重踏上祖先的脚印，一种凝重与辉煌之感油然而生。秦输盐于大昌也罢，汉引泉于巫山也罢，孔明伐魏也罢，太祖征蜀也罢，唯有脚下这条栈道连接了历史与今天，沟通了祖先与后代。触摸栈道孔穴，过去和现在的刹那交叉使我们感到了筑路壮士怦怦地心跳与灵魂的颤动,看到了他们惊异又熟悉的眼神。他们也穿过石洞望着我们,默契与理解在无言的对视中已心领神会,彼此心神为之一动,无须再多说了。

这便是大宁河的栈道,我们洞察历史的窗口,时光的隧道。

古战场觅踪

出榆林城顺公路向南，过上盐湾不远就到了石峁村，乡里的文化干事老张用手画了个大圈儿，说这里便是永乐大战的古战场，除了来过几个搞历史考察的以外，几乎从无游人问津。随着老张手臂画出的弧，环顾四方，我的心中泛起一种对祖宗的恭敬与诚恐。

村后险坡上颓垣残壁依旧傲然挺立，仿佛在沉思，为一时间叱咤风云的人物，为千百年天翻地覆的历程。村前无定河水缓缓东去，浑黄凝重，偶尔翻起一朵白得耀眼的浪花，引得人心儿陡地一颤。河滩细沙温热湿软，我的身后留下了一串清晰的脚印儿……

九百年前的印迹大约是很难寻觅了。

那场艰苦卓绝的鏖战，那场决生死、震山川的苦斗，使数万男儿战死在脚下这块土地上。折戟沉沙，尸暴荒野。这纷乱的群山，潆洄的河水，浸入了多少浓烈滚热的血，慰藉了多少饮恨离乡的魂，无人知晓。

公元1082年，宋朝动员了六十万兵力在石峁村沿线的永乐城铺开，准备对西夏王朝发动进攻。西夏梁太后倾三十万全国之师以轻骑兵"铁鹞子"为先锋，神出鬼没，直扑永乐。及至宋主将徐禧清晨登城，夏兵已漫盖原野，无边无际了。擂鼓声惊天动地，喊杀声锐不可当，徐禧惊慌不已，企图凭借险要山势固守永乐。未几何时，山腰水寨失守，山城断水七日，兵士饥渴难耐，战斗能力锐减。夜晚，暴雨如注，夏兵冒雨强攻，宋军期门而战，猝不及防。于是，永乐城内外白刃交接，主客相搏；无定河上下血光飞溅，杀声震天……

这是中国战争史上有名的一次正面耗损战。经此大战，宋军全军覆没，徐禧以下将官兵卒役阵亡二十三万。飞檄到京，朝野震动，宋神宗面朝永乐方向大放悲声。西夏虽胜，却已矢竭弦断，鼓衰力尽。

现在，我顺着村后的土路上山，来到当年永乐城的主寨——龙泉寨。

鸟无声，山寂寂，城已倾圮，轮廓依然。东面有拱形城门，那里曾是激战的中心，如今娇艳的黄花在塌陷的城门上摇曳，静谧而安然。城墙夯础层次依然分明，俯首贴近，似能听到筑城将士浑厚的夯歌与沉重的喘息。砦内满是陶瓷瓦砾，内中不乏闪着光泽的青釉细瓷，应该说都是不折不扣的宋瓷了，农民耕耘嫌它们碍事，拾起来集成好大的一堆。东南角,一块锅的残片大半埋在土里,作为宋军造饭的炊具,可以想见它是怎样的红火过,怎样的为士兵注目过,现在,它沉默着,是在追忆过去的辉煌还是在感怀今日的冷落?浸透过泪水、汗水、血水、雨水的铁,沉甸甸的,坠着人的心一块儿往下沉。碎瓷的旁边,一块骨殖同样无言地注视着我,拾起它,拂去黄土竟是惨惨的白。这是一块人的锁骨,一块经过断裂深埋又被翻出的锁骨,它可能来自中州大地,或许产自"风吹草低见牛羊"的敕勒川阴山下,荷盔负甲来到这战事不息的边陲之地,却仍眷恋着家乡的甜水井,眷恋着破屋下楚楚动人的妻……"可怜无定河边骨,犹是春闺梦里人",如今,骨犹存,春闺们的梦却是去得远了。当地老乡说,不远处的砦上挖出过一窖一窖的人骨,还有箭镞。我想象得出,那些重见天日的骨架会是怎样地叠摞着,谁属西夏,谁属大宋;谁是将军,谁是兵勇,再难辨得清楚。唯所有的骷髅都睁着不息的黑洞,向苍天抛出一个巨大的问号。它们该是我的祖辈,虽说不清与我有着怎样的血缘联系,但我却通过手中的骨殖感觉到了他们的体温,他们的心跳,感觉到了几十代前灵魂的震动……

　　风起了,卷着塞上的沙由北浩荡而来,浊重猛烈,撕扯着我的衣裙与头发,在伏倒的野蒿中披露出的历史沉积让人酸涩沉闷。无定河滔滔河水不舍昼夜,河两岸如今绿柳红花一片灿烂,拖拉机的奔跑声，孩童的嬉笑声传上坡顶，脚下，一个蒸蒸日上的石峁村在向历史展示它的存在与进步。身后，昔日的胡地在中华人民共和国的版图上已没有界线，匈奴西夏，辽金大宋，56个民族的血肉与灵魂已融为一体，肤色都如脚下的土一般黄。

同行的小朱将拾到的两枚宋代的铜钱和一个满是黄锈的箭镞送给我，我把它们揣在怀里，如同揣着那些骨殖，揣着黄土深层的呐喊……我会记住这段历史，也会记住这个地方。

长河落日
——统万城杂记

远远地,看到了那城。

孤独在如波绿草中的城,泛着白,孤傲,沉寂,冷冷地站在湛蓝的天幕下,如同一个穿着光板皮袄的不死匈奴,一言不发地俯视着脚下这片土地。

统万城。"高构千寻,崇基万仞",统一天下,君临万邦,高大得让人必须仰视,冷峻得让人难以接近。帝王之气,犹存至今,逼压得人们喘过不气来。

终于还是走近了。走近了那些敌楼、马面,走近了那些残墙、垛堞,一切都惨白,牛硬。荒草萋萋中,落日余晖下,满目是悲壮,是落魄,是拾掇不起来的苍凉。那些呐喊厮杀,那些愁苦哀号,那些暮鼓晨钟,那些轻歌曼舞,都水一样渗入细细的沙中,再无处寻觅,只留下四野寂寂,风声悠悠。

脚下的沙是柔软的，厚重的，偌大城的遗址，除表面高大的裸露以外，其余均被藏在深深的沙底，没有挖掘过，或许保存得很好。为了探寻敌楼上的柏木橼迹，我沿着层层夯迹，攀上近十层楼高的敌楼，人像壁虎一样，贴在石壁上，一步一步前挪。燕子"嗖嗖"飞过耳畔，带起一股清风，没有任何保护措施，脚一滑，手一松，只消踏错半步或是土壁稍有松动滑落，便是粉身碎骨，这样的惊险，是我有生以来第一次，将生命完全交给了这千年的壁垒。夯就的墙，白而硬，石一般，纹丝不动。之所以坚固若此，据说，是"蒸土加工"夯就的。即土、牲口血、黏糜子浆蒸热为筑城原料。监督造城的人叫叱干阿利，是个杀人不眨眼，恶魔般的人物。《十六春秋辑补》上这样记载叱干阿利，赫连勃勃发十万工匠夫役筑城，命阿利督工，"阿利性尤工巧，然残忍刻暴，乃蒸土筑城，锥入一寸，即杀作者而并筑之。"筑城人畏死，无不拼力夯实，致使城体"其坚可以砺斧""击之则火出"。叱干阿利不唯筑城，还督造器物，"造五兵之器，精锐尤甚。即成呈之，工匠必有死者。射甲不入，即斩弓人。为其入也，便斩铠匠，凡杀工匠数千。又造百炼钢刀，为'龙雀大环'，号曰'大夏龙雀'。铭其背曰：古之利器，员楚湛卢。大夏龙雀，名冠神都。可以怀远，可以柔逋。如风靡草，威服九区。世甚珍之。夏筑铜为大鼓，飞廉、翁仲、铜驼、龙虎之属，皆以黄金饰之。列于宫殿之前"。抚着坚韧无比的城墙，我似乎感到了当年的筑城情景：千人万人齐拔杵，杵声丁丁惊后土……

筑城是严酷的，没有叱干阿利的苛求残暴，这座"土色白而牢固"的城1500多年经鄂尔多斯高原劲烈大风的侵蚀和人为破坏，能挺立至今，是难以想像的。北宋欧阳修记录过有叫从进的人围攻统万城，"城壁素坚"，"从进等穴地道，至城下坚如铁石，凿不能入"。经专家鉴定，城土的主要成分是石英、黏土和石灰，即我们常说的"三合土"，石灰遇水，体积膨胀，释放出大量热气，烟雾蒸腾，便被误传为"蒸土"了。当然在中国古建筑中也不乏"熟土"的工序存在。例如明清帝陵的宝冢用土，就是用锅一锅一锅炒熟后夯实的，怕是隆顶长草，破坏地宫。统万城的土大可不必用锅来炒，至于杀工匠以筑城，也未可信。传言往往会蒙上一层雾水，在残留城池的实体中，千百年来，人们并未发现有人的遗骨遗物夯筑其中，如同孟姜女哭倒长城一样，只能说明筑城监工那一丝不苟的严格和老百姓流血流汗，子散妻离的悲惨罢了。

站在高处举目望去，方形的城明显有东西两座，据考察还有一个更大的外城，随着地势建筑，形状不规则，西汉时期是内地向这里移民的高峰时期，东汉时设奢延县，属上郡。五胡十六国，匈奴赫连勃勃看这里水草肥美，南有起伏连绵的乔山，北有半缓苍黛的契吴山，遂惊叹：美哉斯阜！临广泽而带清流，吾行地多矣，自马岭以北,大河以南,未之有也。遂在奢延城的基础上筑统万城。当时城内人口在4万以上,甚至远远高出今日的人口数字。这4万人中,有从事畜牧业的匈奴人、鲜卑人,也有从事农业的汉人。这是统万城的鼎盛时期,也是农、畜牧业并重大规模开发的时期。

赫连勃勃是历史上一个极有争议的人物,自称皇帝,以永享无疆大庆,却又不上皇帝谱系;攻克长安,征战半个北国,却图塞上一隅之安;性辨慧,风美仪,身长八尺五,腰带十围,俨然一伟丈夫,却狠毒暴戾,滥杀成性,常居城上,置弓,剑于侧。有所嫌忿,便手自戮之;创业中,他能知人善任,网罗人才,听取议谏,却又"无顺守之规,群臣忤视者毁其目,笑者决其唇,谏者谓之诽谤,先截其舌而后斩之"。攻克要塞,既让三辅父老皆壶浆以迎王师,又先后坑埋后秦将士二万四千,杀南凉数万人,积人头为京观,号曰髑髅台。攻长安,又积人头,各聚成堆……

固然,历史本身是复杂的,战争手段是残酷的,时势成就了赫连勃勃这样一个既为英雄又为魔王式的人物,让人难以理顺得清楚。西晋东晋,北凉南凉;鲜卑秃发,匈奴赫连,羌姚汉李,更迭前后,互相交叉。翦伯赞先生制作过一个《十六国简表》,摊开来如天然气管道般,错综复杂,我辈外行终是看不明白。因为杂乱,有些中国史系年表,索性用一个魏晋南北朝,把什么都概括了。

我的历史学得不好,尽管坐在高高的统万城敌楼顶端仍旧寻不准这座城池主人的历史位置。什么人,有着怎样的谋略和心劲儿,在荒漠里建了这样一座伟岸的城。

赫连勃勃。

这是个让人读之便不能忘却的名字。历史于他的笔墨毕竟太少,骁悍一时的风云人物,建立了一个只有25年政权的匆匆过客,如一颗流星。匈奴,应该和今日西北少数民族有着广泛的血缘联系,和汉民族也有着连裔的亲族。赫连勃勃祖上是夏后氏苗裔,自言是大禹后代。汉对匈奴讲和亲,王昭君的出塞是那一时代极有代表性的国家举措,出塞和亲的汉家宗室之女,何止昭君一人,更非自昭君而始。汉高祖刘邦将族女嫁给匈奴冒顿为妻,当在昭君之前。子孙遂随母亲姓为刘姓。冒顿为汉朝女婿,后代成了汉朝的外孙,名单于,汉族人说外甥是舅舅家的狗,吃了就走,靠血亲,维系着短暂的边境安宁。

赫连勃勃是冒顿之后,曾祖刘虎,祖父刘豹子,父刘卫辰,驻屯代来城今榆林市郊。南部魏人来攻,将刘卫辰杀死,赫连勃勃仓皇逃窜,逃至另一匈奴的叱干部落,叱干头领将赫连勃勃捆绑,欲押送于魏,以请功。这时头领的兄长,即后来协助赫连勃勃建统万城的叱干阿利谏阻说,即使鸟雀投入,还应救济收留呢,况且如今赫连勃勃国破家亡,归命于我,纵然不能相容,也应网开一面,任其逃奔,将他押送敌方,实非仁者之举。首领不从,阿利便买通遣送赫连勃勃的劲勇,在路上放了赫连勃勃。赫连勃勃一路逃至高平属(今宁夏固原)羌姚兴领域,镇守者高平公见赫连勃勃一表人才,"器识高爽,风骨魁奇,深知礼教",将女儿嫁给他为妻。赫连勃勃以女婿之身份,以史远将军、阳川侯的名号协助岳父镇守高平。赫连勃勃作战勇敢,雄略过人,有攻必克,前后在高平公手下十余年有了自己的基本势力。羌王姚兴的弟弟说,赫连勃勃天性不仁,难以亲近,陛下宠遇太甚,让人不解。姚兴说,赫连勃勃有济世之才,我才收其所用,就是与之共分天下又有何不可?弟弟说,赫连勃勃奉上慢,御众残,贪暴无亲,轻为去就,宠之窬分,终为边害。果然为时不久,赫连勃勃扣压了河西鲜卑贡奉的八千匹骏马,召集三万余众,以在高平川狩猎为名,袭杀了岳父高平公,收服其众,约数万人。

拥有实力的赫连勃勃自称天王大单于,立年号龙升,国号大夏,因羞于从母姓,改姓赫连,意为"徽赫实与天连"。未十年(417年)攻入咸阳,占领长安,公元418年即位皇帝,"龙飞漠南,凤峙朔北",大夏的版图"南阻秦岭,东戍蒲津,西收秦陇,北薄于河",占据今陕北关中河套大部分地区。这时,他在北方的新城建好了,臣子们劝阻他立长安为都,他以极清醒的头脑说,"朕岂不知长安累帝旧都,有山河四塞之固,但荆、吴僻远,势不能为人之患,东魏与我同壤境,去北京裁数百里。若都长安,北京恐有不守之忧。朕在统万,彼终不敢济河。"这说明,赫连勃勃以战略家的眼光,深谙自己的长处与实力,知己知彼,使自己处于不败之地。

中国历史,是以汉族为正统的历史,诋匈奴为旦娄。戏台上的正生,从来是素面长髯,严肃规正,而凡有番邦人物上场,大都脸上抹得五抹六道,一张嘴便是"哇呀呀",最为突出的是脖子上拴的两条白狐狸尾巴,这是另类人的标志。《史记·匈奴列传》中司马迁评述匈奴有这样的言辞:"随畜牧而转移……逐水草迁徙……毋文书,以语言为约束……习战攻以侵伐,其天性也……利则进,不利则退,不羞遁走。苟利所在,不知礼义。壮者食肥美,老者食其余。贵壮健,贱老弱。"《晋书》作者房玄龄评论赫连勃勃说"……虽雄略过人,而凶残未革,饰非拒谏,酷害朝臣……爱创宫宇,易彼毡庐。虽弄神益,犹曰凶渠。"民族的偏见从两千年前番人脖子上便被拴了狐尾,而今那两条狐尾成了艺术装饰,成了戏曲上的道具。赫连勃勃的大夏是中华民族之一部,难保不是你我他的先祖,谁敢言我们身上没有匈奴人血液在流动。记得第一次见作家路遥时,他便坦诚地说:我是杂种,是匈奴人和汉人的杂交。他说我是"天皇贵胄",我说,"贵胄吗? 其实是女真的后裔,你们在西边,我们在东边。"的确,56个民族很难再分得清你我他,为那五胡十六国的交叉。

统万城现存西北角的墩台高大巍峨,上有数层椽孔,间有未朽的木椽,大约就是赫连勃勃手下御用文人胡方四撰文《统万城铭》提及的"飞檐八层,插椽孔穴,层层可数"了。《统万城铭》是宫殿落成后,刻石颂功,以示庆贺,大夏留下的唯一文献资料。文中谈到了赫连勃勃的文功武略,统万城的宫殿华美,"延王尔之奇工,命班输之妙匠,搜文梓于邓林,采绣石于恒岳,九域供以金银,八方献其珍宝,亲运神奇,参制规矩,营离宫于露寝之南,起别殿于永安之北,高构千寻,崇基万仞……"尽管有些媚献、夸张,但匈奴中能有此文采者,令人惊异。考古专家考察,钻探后发现,地下有很厚瓦砾层,城中有土台,瓦砾散见于草中,当地群众说,花方砖大瓦常常冒出地面,出土过四种莲花瓦当:1.莲瓣宽肥;2.莲瓣稍瘦;3.莲瓣更瘦;4.莲瓣蜕为莲实。这是莲花开放的几个时段,是在一个殿宇的不同方位还是不同方位的数个殿宇,不得而知,但工匠的用心和细腻可见一斑。农民在翻地时,在城内翻出过瓷杯、瓷狮、碗、铜钱、铜镜、铜印、佛像、石础、壁画残片……出土最有代表性的是一匹大型石马。那马昂首庄严,浑固健壮,突出了鄂尔多斯草原马匹的高大健美。这匹马现收藏于西安碑林,成为观者瞩目之物。值得一提的是城墙外壁的马面。马面是城墙外侧的突出部分,这是为在城上多方位有效杀敌的军事建筑。统万城有些马面竟然是中空的,成了一竖坑。内储粮草,是安全性保密性极高的仓库，可谓匠心独运。这大概就是《统万城铭》中提到的"崇台密室，通房连阁"了。后来宋代杰出的科学家和军事学家沈括，考察过统万城，认为它在军事工程方面"深可为法"。沈括说"紧密为石，凿之则火出，其城不甚厚，但马面极长且密……马面长则可反射城下攻者，兼密则矢石相及，敌人至城下，则四面临之"。沈括任延州方面驻军统帅，尽管他在审视统万城军事构筑方面颇有心得，然而上盐湾与西夏一场大战却使他丢盔卸甲，贬回老家。

这都是后话了，赫连勃勃在公元425年病死于统万城永安殿，时年45岁。有分析说，赫连勃勃之死主要是因为南征北战的劳累与忧郁，他的儿子们为争帝位互相残杀，魏乘势入城，获公卿将校后妃等人数千，获马三十余万匹，牛羊数十万。魏主则以赫连勃勃的三个女儿充实了自己的后宫。赫连勃勃的儿子们流窜在外，被杀、被俘，不成气候，大夏从此灭亡，从赫连勃勃的公元407年称帝到公元431年赫连定（赫连勃勃之子）的被俘前后25年，历二代三王。

宋淳化五年四月，朝廷下大诏令，废夏州旧城（统万城），认为统万城"深在强邻之境，豺狼因而为援，蛇豕得以兴妖"，将居住于夏州（统万城）的百姓移民迁往绥州、银州等地方，古城从此荒废，宋代迁民的理由是为了"铁绥黎庶"，政治的安定，防止少数民族利用"百雉之城"作乱。另一个没有明确提出的理由是:这里已被流沙包围,深入荒漠之中,不适合人类居住了。

以前到过统万城的朋友向我推荐说,统万城是一条"瀚海中的船",是"沙漠中的古堡",白城黄沙,大风烈日,各类言辞总离不开一个"沙"。这就向我们提出了一个问题,赫连勃勃当初定址建城时,选的是山清水秀,美哉斯阜的山林绿野,曾几何时变作如此模样?是历史记错了,还是赫连勃勃选错了。经陕西省文管会20世纪80年代勘查,在统万城"城北建筑废墟瓦砾层下,是原生自然堆积的细沙,钻探13米,深入到城墙根基之下,仍是一色的黄沙,这证明,沙是筑城前就有的了"。应该说,赫连勃勃造城选址没有错,无定河、黑水河两条之南"背名山而面洪流,左河津而右重塞"是考虑到它的地理条件的。波涛滚滚的无定河在这里打了漩,定住了,定出了一片湖泊水草,它是在汉奢延城址上"改筑",可见自汉以来,这里就是建城设县的肥美之地。统万城作夏州以后,魏将这里变为牧场,连年攻城征战,骑兵践踏城周围的庄稼,仅二百年,便"十月大风,飞沙为堆,高及城堞",便"沙头牧马孤燕飞""风沙满断征魂"了。到宋下令废城,实则已成大片沙漠。统万城原本就建筑在一个自然生态相当脆弱的环境上,连年的人类活动,植被遭到破坏,使鄂尔多斯高原自然风貌发生了剧烈变化,这是我们应该汲取教训的。无定河水定住了,古城却流走了,成了永不再来的"逝者如斯"。

这次我到统万城,竟见四周一片青绿,红柳、苦豆、沙蒿、杨树已将沙牢牢护住,城圈之内,几个老农在悠闲地拾掇他的庄稼,燕子们依旧上下翻飞,恍惚间,赫连勃勃依山带水的情景又再现眼前。当地人说,统万城每逢朔、望清晨,空中现有城垣楼阁。想必不虚,应是蜃楼幻景,也有人说,有月之夜,远望城内,往往泛光。

傥骆道（节选）

我应该为这座消逝的城池写点什么,再过一百年,它或许会变做秦岭的一股清风,从我们耳畔吹过,淡淡的,轻轻的,了无痕迹……

趁着今天它还没有走远,抓住它!哪怕是残缺不全。

1986年,我到秦岭腹地佛坪国家级自然保护区采访大熊猫的保护工作,保护局的越野车由佛坪县城出发,从深山驶向更深的山。车在东河台拐向林场伐木工作便道,一路大颠近一个小时,开到龙草坪林场叫做"五队"的地方再不能前行了,于是弃车攀山,翻过一座2100米的叫做凉风垭的陡峭山峰就进入了森林。我的目的是三官庙动物保护站,要沿着河谷走大半天。

时值盛夏,山里树木遮天蔽日,清爽如同中秋,天气预报却报道西安是39摄氏度高温,身处清凉中的我,实在难以想象39摄氏度的煎熬是种怎样的情景。周围群山环耸,长林密竹,给我的感觉像是走到了高山峡谷尽头,层层的落叶,厚厚的苔藓,天上是绿,地上是绿,前后左右全是绿,看不见水,只听见水响,那水也被隐在绿色当中。一棵巨大的枯树,呆呆地立着,我用手一推,竟轰然倒下,立了千年的树,难道等待的就是这一把力?这个问题带有宿命性质,它让我思考半天,参不透其中的因果循环。有大熊猫在竹林里叫,像羊,细声细气的,我循着声音往里找,被竹枝上一条青绿的小蛇挡了回来,什么也没看见。

林子是深得很了,沿途的名字却热闹辉煌。蒸笼场、骡马店、火地坝、牌坊沟、三官庙、三星桥……店铺、商旅、住民、文化,内容包含广泛。

可是那些庙啊,场啊,桥啊,牌坊啊,一个个都消逝了,消逝在这浓重的、抹不开的绿色中,空留下名字,变作保护区制作的一个个路牌,插在"路"边。一条小路,沿着河谷在山间绕啊绕,甩啊甩,路牌下,"几处败垣围故井,向来——是人家",老房的宅基,硕大的碾盘时有所见,均被绿苔覆盖,看不清所以然。树丛背后,一片宽敞的平台,有石条铺就的台阶,那应该是一座富裕的宅院。被叫做"三星桥"的桥已无桥可寻,架桥的洞穴还在,从那粗壮的圆孔,可以想象到当年桥的规模,应该是一座能走车的大桥。被灌木遮掩的高处有斑驳的碑,是曾经热闹过的桥头,碑上的字迹无法读出,我在杂树丛中费了几十分钟,用身上被叮咬的十数个大红包为代价,换取了一点儿有限的信息:"……茶坊四两,银号五两,铺一两三钱,骡马店五钱,盛义局六两,李熊氏二钱,赵德贵六十文,何李氏十五文……"

这是一座清代集资建桥的功德碑。也就是说,过去这里站联铺递,商旅连绵,是穿越山林的一条热闹的道路,如今那些茶坊、店铺、银号、赌局连同着那些繁华和快乐以及兴许善良美丽的李熊氏、何李氏们都到哪里去了?他们为何退得如此匆忙,与故土决绝得这样义无反顾?

他们走了,走出了这片地界,再也没有回来。

我向周围巡视——清风残月,空谷无言。

问带路的李老汉,也是茫然,他说他小的时候就是这个样子。老汉六十多了,这就是说六十年前这些人就走了,是闹哄哄一下搬走的而不是陆陆续续地撤离。老汉指着房基后面的空地说,他们连祖坟也搬走了。

连祖坟也带着走了?我走到空地去看,都是荒草,我相信李老汉的话,的确是"都"搬走了。后来,我写中篇小说《山鬼木客》,说到核桃坪的王老汉依据国家退耕还林的政策迁出深山,老汉坚持要"带着祖先的坟墓,带着鸡鸭猪狗和一切有生命的东西才肯离开",根据便取自于此,绝非妄说。

密林中,这条消逝的路是一条什么样的路,这些离去的人是些个怎么样的人,我决计要探出个究竟。

闲谈中保护区管理局的杨水泉副局长告诉我，佛坪山里隐藏着一条有名的古道，叫傥骆道，是旧时入蜀的七条蜀道之一。我问他是否走过，他说没有。

我借来资料查阅，内中果然有傥骆道一说。大意说傥骆道北从陕西周至骆峪进秦岭，南由洋县傥水河谷出，至汉中，长240公里，是秦岭北侧至汉中褒斜道、子午道、故道等蜀道中最近捷也是最险峻的一条道路。

一提蜀道，人们马上会想到李白的《蜀道难》，"蜀道之难，难于上青天。"诗的开头，就把人们震慑住了。可是据说，李白并没有真正走过蜀道。

蜀道通指从汉唐首都长安穿越秦岭、巴山，到四川成都的道路。由汉中而分，有南段、北段，大体有七条，因走的路线不同，经过的地区地理形势也不同，风光和社会环境更是不同。充满艰难险阻的蜀道，在古代是全国政治中心与西南联系的重要通道，在国家处于战乱时，又是得力的军事通道，是各方争夺控制的目标。汉中古称梁州，是几条蜀道的集结地，是秦岭和巴山之间的一块大平地，盆地东西长200余里，南北宽50里，是蜀道上的一个中继站。这里不但是一个富饶的、旱涝保收的粮仓，也是个得天独厚的战略要地。古人称它"北阙关中，南蔽巴蜀，东达襄邓，西控陇蜀"，当不为虚。北面有迤逦而来的子午道、傥骆道、褒斜道、陈仓道、祁山道等五条蜀道，南面有通连四川的金牛道和米仓道，左首沿汉江直达湖北，右边策马可奔陇西，难怪南宋丞相张浚也说它"前控六路之师，后据两川之粟，左通荆襄之财，右出秦陇之马。号令中原，实基于此"。汉中不守，巴蜀有难，所以，汉中的安危，是四川的根本。

和现在的高速公路建设一样，驿道的建设在封建社会中是一项重要的基建项目，驿道的发展状况体现了这一时期国家的经济实力和政治形势。晋朝时有种叫做"千里牛"的快马传递，从山东兖州到河南洛阳可以做到"旦发暮还"，来回千里。元朝也有记载，说那些传递文件的"铺兵"们"皆腰革带，悬铃，持枪，挟雨衣，赍文书以行。夜则持炬火，道狭则车马者、负荷者，闻铃避诸旁，夜亦以惊虎豹也。"中国文坛有"驿道传梅"的佳话，说的是南朝名士陆凯从江南托驿使给北方长安的史学家范晔捎去一枝梅花，附诗说：

　　折梅逢驿使，寄与陇头人。

　　江南无所有，聊赠一枝春。

就是现在看，从南方向西安寄送一枝梅花也是极不容易的，首先邮局就拒绝办理此业务，托人带也要送机场，说好话，极费精神。可是我们的古人却做到了，在折花的时候碰上了驿使，顺便就把花捎来了，多么的轻松，多么的方便，多么的浪漫。

南方，平原的驿道多艺术、享乐；北方，山林的驿道则多动荡、战乱。

秦岭深山傥骆古道的全面疏通，主要赖于三国时期的刘备。刘备在汉中建立了对付曹魏的军事基地，傥骆道是通北的首选道路，路上遍布亭帐馆舍，以备军旅之用。诸葛亮对在山中行军也有重要规定："金鼓不闻，旌旗不睹，此谓慢军。""十里之内，数里之外，五人为部，持一白幡，登高外向，明看隐蔽之处……凡候见贼百人以下但举幡指，百人以上便举幡大呼……"光绪九年《佛坪厅志》中记载："（傥骆道）高岩深涧，长几五百里，路屈曲，凡八十四盘。蜀姜维伐魏，魏锺会寇蜀，曹爽攻汉中，晋司马勋伐赵，唐德宗、僖宗幸兴元，皆由此。"著名诗人杜甫带领全家入蜀走的也是这条傥骆道，留下诗篇说：

　　二十一家同入蜀，惟残一人出骆谷。

　　自说二女齿背时，回头却向秦云哭。

傥骆道在宋代，以秦岭为界而成为宋金要塞，骆峪以北，连同长安在内大片北方地区是金的地界，傥水河谷以及华阳、洋县、汉中南方领域为大宋。傥骆道自明以后因奇险而疏于使用。1935年，李先念、徐海东、程子华曾率红25军借道傥骆，北上抗日。

解放以后，随着通向四川各条道路的建成和完善，傥骆道再也无人问津。但是从西安往汉中的飞机航线，至今仍依据傥骆道的线路飞行，足见这条道路的直接和优选。汉中有作家王蓬，用电视专题片的手段表达了从长安奔赴蜀中的几条道路,遗憾的是那些道路已大多为现代公路所重复,所见只有零星石孔沿水横列,那便是栈道的遗迹了。寻找完整的蜀道,很难。在今天,又加于西汉高速的畅通,两三个小时的车程,寻找"难于上青天"的感觉更为不易。

傥骆道见于历史记载较其他蜀道晚,这条道路的走向是从西安的周至县骆峪口进山,过陈家河上游,翻老君岭,沿八斗河、大蟒河河谷,至厚畛子,然后过秦岭大梁到老县城、都督门,向西南翻越比秦岭分水岭更高的兴龙山到洋县的华阳镇。这是一条奇险的山路,它要翻过五六座海拔近3000米的高山,从老君岭到都督门之间,道路一直沿着太白山南侧迂回,上上下下,极为艰难。这是傥骆道最恐怖的一段,山高谷深,野兽出没,没有人烟,有被称为"黄泉"的险地,生长着毒虫和有毒植物,有着不散的瘴气,让人谈之色变。

毕竟它是一条最短的蜀道,它的价值存在就是快捷,唐时它是进蜀的首选,官员赴任、述职、使臣出使多走此路。杜牧感叹"一骑红尘妃子笑,无人知是荔枝来",说的是唐玄宗为杨贵妃,通过蜀道快马飞驰,运送产于山南西道涪州乐温县新鲜荔枝的事,荔枝由涪陵郡的乐温县经过梁山县、通川郡(今四川达县)到陕西的西乡县,然后转向子午道,至长安。这条路因此又被称为"荔枝道"。荔枝道与傥骆道是相近的两条并行道路,《五代会要》载,后唐明宗在天成三年,开通了兴道,将荔枝道和傥骆道连接起来,再到涪陵，将"比今官道近二十五驿"。遗憾的是此时杨贵妃已去世近200年，再没有新的贵妃来承享荔枝的美味了。

为傥骆道我曾请教过西北大学历史地理系教授李志勤先生，他曾经带着学生走过一部分，终因过于艰难，条件不备而放弃了。交谈中，李教授特别提到了老县城和都督门两个地方，他说他到过都督门，都督门过去是屯兵要塞，是商贾汇集之地，是傥骆道的心脏部位，只是交通十分不便，一切全得靠步行。

我决定拜会一下这条道路。

梨花一枝春带雨——《长恨歌》漫谈

《长恨歌》是唐代诗人白居易脍炙人口的名篇，说的是唐玄宗和杨贵妃的爱情故事，故事的发生初始在长安，演绎的高潮在临潼华清池，结局在兴平马嵬坡。《长恨歌》是在马嵬事变50年后，由时任周至县尉的白居易在仙游寺写成。当时白居易和他的两个文学朋友王质夫、陈鸿一起游览仙游寺，几个人站在高坡上，遥望红尘滚滚中的马嵬方向，谈及唐玄宗与杨贵妃，不禁感慨万千。王质夫对白居易说，"夫希代之事，非遇出世之才润色之，则与时消没，不闻于世，乐天深于诗，多于情者也，试与歌之，何如？"意思是请大手笔白居易将玄宗与贵妃的事写出来，不然这件事情会随着时光的流逝而淡化，而"不闻于世"。

白居易慨然允之。写作中的诗人正与周至杨家的女儿谈恋爱，"早聆懿范，互相倾慕"，在爱情浸泡中的白居易写《长恨歌》自然动情，使这篇诗歌成为了千年不衰的绝唱。

今日仙游寺已沉没于黑河水库之底,旧物法王塔搬至了水库北坡上,自成一道风景。60年代毛泽东主席曾手书《长恨歌》,其手迹被周至人设法寻来,镌刻在石上,为《长恨歌》增添了更为光彩的一笔。

喜爱《长恨歌》的大有人在,不少人能整篇背出,谈恋爱的青年最爱说的就是"在天愿作比翼鸟,在地愿为连理枝"。2005年我在"百家讲坛"讲杨贵妃的东渡之谜,讲完了,一群老人在演播室将我拦住,一字不差地给我背了一遍《长恨歌》。与他们相比,我感到惭愧,我说,你们是我的老师!在日本,我也遇到不少《长恨歌》迷,日本有《长恨歌》研究会也有"杨贵妃研究会",中学国文课本上有《长恨歌》的篇章,有一回我跟一个日本学生共同朗诵《长恨歌》,她用日文,我用中文,结果我们竟然合拍,同时结束。

近年,在《长恨歌》的背景地华清池有大型全景历史歌舞剧演出,真山真水的,涵盖了人间与天上,壮丽华美,让人如入仙境。在不菲的代价背后,他们将文学的《长恨歌》演绎成了视觉的享受和感官的体会,将那个繁盛的时代一下拉近,让唐玄宗和杨贵妃走近了我们,近在咫尺,使我们与古人对话,与文化同行……让我激动和欣喜。

唐代诗人中我最喜欢的是白居易,在周至任县委副书记这八年中，于县委后院，夜静月明之时，在寂寞清冷之中，推窗而望，南墙的花栏下枝蔓缠绕，花影婆娑，便会想起同在这个院里住过的县尉白居易，在千余年前的同一时刻，他一定也推窗望过，他在南墙栽下了蔷薇，还为蔷薇写下了诗句："移根异地莫憔悴，野外庭前一种春。少府无妻春寂寞，花开将尔做夫人"。

在文学上，我不敢附大诗人的骥尾，但是在周至为官的链条上如果一环环扣上去，我想我们会碰在一起。

随着晚风送来阵阵花香，我仿佛看到了白居易正踏月而来，清瘦洒脱，边行边吟，我嗅到了《长恨歌》的气息，它来自南面的仙游寺，来自东面的华清池。

由对《长恨歌》的喜爱，而推及到它的延伸和背景。

开创盛世唐玄宗

唐玄宗李隆基是睿宗李旦的三儿子，人们惯称他李三郎。李隆基的祖母是武则天，在祖母大周政权的统治下，李隆基父子时刻处在一种窘迫危险的境地之中。有一次，7岁的李隆基坐车来到祖母的皇宫，被武家的将军武懿宗阻拦，李隆基不甘示弱，大声呵斥说："吾家朝堂，干汝何事，敢迫吾骑从！"7岁王孙的凛然豪气得到刚强的武则天的欣赏,从此对这个孙儿"特加宠爱"。

　　武则天之后是李隆基的叔叔当了皇帝即唐中宗,唐中宗比较懦弱,曾经被他的母亲武则天将全家贬至湖北房县十四年。废皇帝号为庐陵王。他的妻子韦氏在患难中与他相依为命,在去房州的半道还为他生了一个小女儿,因临时用衣服包裹,所以名叫"裹儿"。前年,为寻访庐陵王的遗迹我访问了房县,在当地人的带领下,找到了当年唐中宗居住的村落,唐代的房基还在,王府建筑规模依稀可辨,中宗挖掘的井水,仍被住户饮用着,当年的"爬山虎"已经长得比碗粗,中宗带去的酿酒方法依然存留,那酒清爽甘甜,异于关中稠酒,也有别于黄酒,说起来更接近日本清酒,但是比清酒香醇绵长……然而,中宗患难与共的妻子韦氏是个野心家,在庐陵王回来又当了皇帝后,韦氏野心膨胀,为了要当武则天那样的女皇,偕同女儿在中宗吃的馅饼里下毒,将亲夫毒杀,密不发丧,自己一揽朝廷大权。李隆基经过周密策划,奋起反击,发动政变。太极殿的禁军披甲响应,韦皇后逃入飞骑营,被飞骑斩首,献于李隆基,而后安乐公主及韦氏党羽都被诛杀。李隆基父亲李旦继位,是为睿宗。睿宗深谙隆基的才干及夺回李氏王朝的功劳,让位于李隆基,自己当了太上皇。

　　唐玄宗继位,立即铲除了企图密谋政变的太平公主,真正地把握权力,执掌了大唐王朝。唐玄宗励精图治,勤奋治国,稳定政权，整顿吏治，改善财政，提倡简约之风，并且从自己做起，他著名的言论是"百姓租赋，非我所有"，下令"销毁宫中的乘舆服御、金银器玩、珠玉锦绣"，并规定后妃以下不准戴珠玉、锦绣，同时禁止天下采集珠玉，制造锦绣，违者杖刑一百。这位有作为的开明君主，使唐朝走向了开元、天宝盛世。天宝八载，全国各地的库存粮食达到9600万石。天下大治，财务山积，百姓殷富，一片太平富足景象。

今年植树节，在西安浐灞管委会组织下，西安千余志愿者在细雨蒙蒙中植树东郊广运潭。泱泱绿水畔，人们种下数千苗木，也种下了对盛世中国的无限期盼。植树者们在挖开泥土的同时，一定也挖出了盛唐的喧嚣和热闹，它们在我们脚下的泥土中沉寂了1200年。

《长恨歌》中没有提到广运潭，但广运潭却是唐玄宗时期的繁华鼎盛之最，天宝二载（743年），也是三月，唐玄宗领着文武大臣和杨玉环来到了这里，为新工程广运潭的启用举行典礼。唐玄宗时，对从江淮到长安的运河进行了一次疏通，沟通浐渭，引浐河入广运潭，让南北的粮食、货物通过黄河直达长安。终点即是广运潭。

2008年3月12日，浩荡的车队和植树大军在广运潭岸边与743年的皇家仪仗相重叠，与1200年前的长安市民相汇合，使寂静的长安东郊再受瞩目。广运潭边有望春楼,唐玄宗和杨玉环在楼上检阅停泊在潭中的献宝船只。这些船来自全国各地,船里装满大米和奇货特产。船上的彩旗在春风中猎猎飘扬,船队首尾连接数百艘,望不到尽头,船工服饰统一,头戴斗笠,身着宽袖衫,足蹬草履,一副吴楚之地的南方打扮。最前面的船上,河南陕县县尉崔成甫着绿衫,袒露着一只胳膊,额头抹成红色,站在船头领唱国家富庶,玄宗神圣的《得宝歌》。崔成甫嗓音嘹亮,身后美女百人盛装而和,船队随唱随行,浩荡华丽。而后地方向皇帝和娘娘跪进诸郡珍奇,扬州的铜器、常州的绫绣、广州的玳瑁、南昌的名瓷、桂林的蛇胆、宣州的纸笔……这是一千年前的物品博览会。岸边观望的除了官员还有市民,他们第一次看见那大船和珍宝时,"人人骇视",惊奇得嘴也合不上了。广运潭前盛况空前,繁花似锦,唐玄宗欣喜之下,给新潭命名"广运",以示盛唐海纳百川的胸怀和富足。船工们都得到了赏赐,随后唐明皇举行盛大宴会,教坊表演歌舞杂技,热闹非凡。

那时的天子和后妃似乎并不像后来朝代那样封闭,人们在看到精美进贡的同时也看到了极美的杨玉环,在天子的威仪和美女的光彩辉映下,百姓们必定也是"人人骇视",睁大了眼睛。广运潭是开元盛世的高峰,是唐代物富民安天下太平的标志,也是唐玄宗和杨贵妃爱情发展的根本,没有坚实的物质基础,没有稳定的社会环境，杨玉环不会"承欢侍宴无闲暇，春从春游夜专夜"；唐明皇也不会"春宵苦短日高起，从此君王不早朝"。

杜甫在回忆开元盛世情景时说：

忆昔开元全盛日，小邑犹藏万家室。

稻米流脂粟米白，公私仓廪俱丰实。

九州道路无豺虎，远行不劳吉日出。

齐纨鲁缟车班班，南耕女桑不相失。

今天，每每路过西安钟楼，尤其是在夜晚，华灯闪耀，店铺林立，穿行于游人中，我都有种今夕是何年的朦胧，市井繁花似锦，百姓安居乐业，回眸望，有商厦"开元""金花"；朝前瞻，有"朱雀""雁塔"，缓步出城，南门恢宏厚重，殷殷红纱灯，碧碧绕城水，不是长安又是哪里，不是盛世又是什么？

杨家有女初长成

前年元旦，我利用假期过黄河到山西去旅游，在永济公路上见到"杨贵妃故里"的标识，就去了。想的是应该有遗址和纪念物，却只有一个停车场，几间新盖殿宇，三两闲散的老汉。问此处可真是杨贵妃故里？老汉们异口同声：没错。继而要收门票若干，停车费数元。总是有些遗憾。

四川人说，杨玉环是四川的女儿，开元七载（719年）生于剑南道蜀州，即今天的四川崇州。父亲杨玄琰是个掌管户口、籍账的七品小官。杨玉环有三姐一兄，许是父母基因好，蜀中气候滋润，杨家兄妹在相貌上都很出色。传说杨玉环在出生时，腰间有一圈环状白痕，故取名"玉环"。杨玉环十岁时父母双亡，叔父将她领至洛阳抚养。杨玉环的叔父和她父亲一样，也是七品，担任着土曹参军一职。洛阳是隋唐两朝的大都会，其繁华热闹，让从四川来的女孩大开了眼界。杨玉环在叔父家中学习诗文、女红，长成了一个能歌善舞的美丽少女。

还有证据说杨玉环是陕西华阴人，是"弘农杨氏"后裔，她的高祖杨汪是华阴的望族，隋朝官做到了尚书左丞（四品）的位置。华阴的杨家出过不少名人，三国时代才思敏锐的杨修、隋文帝杨坚与隋炀帝杨广等，隋朝华阴杨氏是关中著名军事贵族，据说武则天母亲也是杨氏家族的女儿。到了杨玉环曾祖时，居家已经迁到黄河对岸蒲州永乐，大约就是我逃离的杨贵妃故里了。其实杨玉环从未在蒲州生活过，也没有在华阴生活过，如同我们没有在祖籍生活过一样，但要是填写"籍贯"，恐怕还是得将那个陌生的地域毫不犹豫地填写上去。如此，杨贵妃的祖籍应该是陕西华阴。

杨家女儿的美貌成为洛阳官宦之家的话题，当唐明皇为儿子寿王李瑁选妃时，自然而然有人推荐了杨家的杨玉环。开元二十三载，杨玉环以河南府士曹长女身份，以"修明内湛，淑问外昭"，"选及名家"的理由入选宫闱。就是说杨玉环当选寿王妃的理由是她"弘农望族"的家庭背景和十七岁的韶美年华。

杨玉环成为寿王妃，她的夫君李瑁时年十九岁，儒雅俊美，性情温和，是唐明皇三十个儿子，二十九个女儿中的精品。李瑁由唐明皇最宠爱的妃子武惠妃所生，武惠妃是武则天的娘家晚辈，一度玄宗欲立武惠妃为后，因忌讳高宗与武后的戏剧在宫中重演，遭到大臣们的反对而作罢。寿王李瑁身体盈弱，因怕夭折，从小托给唐明皇的大哥李宪抚养。以皇室"立长"的规矩，应该是李宪坐皇位，李宪也曾被立为皇太子，但李宪认为李隆基平定韦皇后之乱，铲除太平公主势力有功，温良恭让，将帝位让给了三弟李隆基，自己安守臣节，不干朝政，不交私人。唐明皇对他的大哥敬重而友爱，李宪死后，被册封"让皇帝"，按帝陵建制埋葬，归葬惠陵，墓内置膳食百余味，药酒三十余色，"帝垂泪扶灵柩"，灵车自长安启程遇大雨，皇上命百官于泥泞中送灵十里。惠陵位置在桥陵东南，公路边，一个很大的封土堆，陵前有清乾隆年毕沅写的石碑。惠陵目前已经挖掘开放，接待游客，内中有棺床，墓顶有日月星辰，壁上有精美壁画，壁画是复制的，真品由博物馆收藏。

由"让皇帝"抚养大的李瑁,生性平和谦恭,他的养父让出了皇帝,他让出了妃子。

一朝选在君王侧

唐玄宗娶杨玉环,从伦理上说是个敏感话题,《长恨歌》作者白居易以及戏剧歌舞《长恨歌》都很巧妙地回避了这一点,但是作为背景交代,这是无论如何也绕不过去的,历史的真实不能回避,无论这历史是怎样的扭曲,怎样的尴尬。李隆基与杨玉环的结合,与李唐王朝的"夷狄"血统有关。如南宋理学家朱熹所说"唐源流出于夷狄,故闺门失礼之事不以为意"。我们不能以后来的伦理观来理解当时的事件,阐述谁是谁非,民族的背景,开放的习俗恐怕是这桩婚姻的主要原因。唐高祖李渊的祖父娶大野氏女子,李渊之母是独孤氏,太宗之母是鲜卑窦氏,高宗之母是长孙氏,这些女子皆非汉人,唐代在国家制度上还沿袭着北朝少数民族传统,兄收弟妇,子纳父妾,父娶儿媳,蕃风汉俗在社会中同时并存。西汉时代,王昭君出塞外嫁匈奴呼韩邪,与呼韩邪生有一子,第三年呼韩邪病死,继位的是呼韩邪前妻之子,按习俗娶昭君为妻,王昭君不从,请求归汉,汉成帝不允,命令昭君从胡俗。王昭君只得再嫁前妻之子,后又生有两女,历史上并没有谁来指责王昭君的伦常有亏,实乃风俗使然。

其次,当时的唐玄宗在情感生活上呈空虚状态,无心仪之人。女人环绕,并不见得有爱情,白居易在《长恨歌》中说,"后宫佳丽三千人",其实远不止这个数字,见于史书记载的唐玄宗有王皇后(被废)、杨妃、武惠妃、杨贵妃、赵丽妃、刘华妃、皇甫淑妃、钱妃、皇甫德仪、郭顺仪、武贤仪、董芳仪、高婕妤、柳婕妤、钟、卢、王、陈、杜众美人,刘、阎、郑、高、常等才人,共二十五人。《新唐书》记载,"开元、天宝中宫嫔大率至四万"。唐玄宗是个英俊多才,风流倜傥,多情多欲的男子,其最宠爱的武惠妃死后,玄宗闷闷不乐,情绪低落,对一切全无情趣,自然也将众多粉黛看不进眼里。忧闷之时见到了二十二岁的寿王妃杨玉环,立刻为其美貌所倾倒,史书上记载说玄宗"诏力士潜搜外宫,得弘农杨玄琰女于寿邸",省略了许多细节。骆希哲先生在《华清池春秋》一书里写得生动细腻,"天元二十八年十月,玄宗来到温泉宫(华清池),赐皇亲贵戚、内外命妇、诸大臣家眷来赏花",玄宗见花丛中一个肌肤如雪,眉似春柳的女子,"绝世艳容,胜过武妃"。于是让高力士查明女子身份,高力士奏报说,"芙蓉园娉女,乃寿王李瑁之杨妃"。可见,杨玉环最初是用美丽打动了唐明皇的心。皇帝的权力是至高无上的,于是就有了"度寿王妃为女道士"的敕令。

杨玉环离俗入道,有先例可寻。唐宗室受道家影响颇深,自喻为老子后代。唐代两百多位公主中,有十个人出家为道。唐玄宗的两个姐妹金仙公主和玉贞公主便在其中。两公主人道之后在长安建道观,今周至秦岭北坡仍有玉贞道观的遗迹留存。出了家的公主们在行动上更为随便洒脱,结交名人,供养面首,行迹放荡,不受约束。开元二十八载(740年)在皇帝的敕令下,杨玉环以为唐明皇生母窦太后"追福"为名,戴上了道士的"黄冠",道号"太真",住进太真观。应该说杨玉环对这个做法是认可的,十七岁进入寿王府时,她还是一个懵懂的少女,她的丈夫也是个不谙世事的少年,爱情于他们是歌舞、嬉闹,是马球、秋千。在寿王府四年的宫闱生活,使她在认知和艺术上都趋向成熟,她从少女渐向女人靠拢,当多才多艺的唐明皇热烈的爱情扑面而来的时候,她是绝没有招架的份儿了。

三千宠爱在一身

年龄不是爱情的尺度,真正的爱情是不受任何制约的,唐玄宗很快坠入爱河,"后宫佳丽三千人,三千宠爱在一身",对杨玉环的宠爱胜过了当年的武惠妃。华清宫是唐玄宗和杨玉环多次的游幸之地，骊山苍翠葱郁，温泉水暖滑润，原先唐玄宗游华清宫一般是冬日，时间大约半月左右，自从有杨玉环陪伴，唐玄宗游幸华清宫次数增多，停留时间延长，从开元二十八载到安史之乱十六年中，来华清宫十九次，最长一次为九十六天。华清宫内，唐玄宗与杨玉环行同辇，居同室，宴专席，寝专房，形影相随，寸步不离。传说，一日，唐明皇与杨贵妃在寝殿午睡，宫女们凭栏观看池水中雌雄鸟儿嬉戏。唐玄宗在帐中说，"你们爱水中的鸳鸯，怎比我被底鸳鸯？"可见，唐玄宗对杨玉环的爱近乎到了痴迷程度。杨玉环像一只金丝笼内的美丽鸟儿，极尽人间之华美，"云鬓花颜金步摇""翠翘金雀玉搔头"，仅头上首饰便是如此丰富，其服装更可想而知。我在永泰公主墓石棺的线刻上认识了唐代贵族妇女戴的"金步摇"，在日本京都泉涌寺的杨贵妃菩萨像上领略了"金步摇"的雍容华贵，那是自唐以后绝失的女性点缀，据泉涌寺的人说，雕刻杨贵妃菩萨像的工匠见过杨贵妃本人，是照着本人模样雕刻的。菩萨像丰润雍容，的确很美，头饰服装均异于其他佛像，被列为日本国宝级文物。

国富民安，美人在侧，唐玄宗再不像初始时那样勤勉，那样节俭，"在位岁久，渐肆奢欲"，他做起了太平天子。天宝以后，以"国用丰衍，故视金帛如粪壤，赏赐贵宠之家，无有限极"。唐玄宗带领杨贵妃三个姐姐和杨国忠等五家亲族从长安到华清宫，"五家车马塞咽道路，每家成一队，穿一色衣服；牛车上镶嵌着珠玉，马具都用黄金、锦绣做成。远远望去，衣着鲜丽，冠盖豪华，灿若云霞。走过的地方，珠翠首饰撒得满地都是"。杨贵妃之上再无皇后，她的品位做到了后宫极致，唐明皇出游巡幸，杨贵妃陪伴在侧，锦绣仪仗中，最突出的亮点应该就是贵妃娘娘了。唐代贵族妇女盛行傅粉施朱，青黛画眉，擦染胭脂，梳高髻，杨贵妃的服饰修妆更为讲究，引领新潮，务求美异，宫内有七百人织锦刺绣，专供贵妃使用，有数百人为她雕刻金玉器物，供她佩戴，我想法门寺博物馆展出的那个镂雕精美的香囊，对贵妃来说大概只算个不起眼的小件。据说杨贵妃夜宴上为唐明皇献舞时，身着绢纱衫裙，肩披紫绡，胸佩绣金香囊，头戴金凤玉饰步摇，服美动人目，妖媚动人神……去年夏天一个晚上，在当年杨贵妃夜宴舞蹈的华清池，我看了大型全景历史歌舞《长恨歌》，里边杨贵妃的服饰尤其夺人眼目，在天上，在水中，或华丽或淡雅，在水色山光映衬下让我们体味到了七百人刺绣数百人雕金所推举出的贵妃，真正的杨贵妃可能就是这样吧！

在长生殿，我们不敢奢谈爱情，那些夜半无人的私语，让人对这座殿宇充满了神往。现在，华清宫内唐玄宗洗浴的莲花汤，贵妃洗浴的海棠汤在考古人员的努力下都找到并清理出来，再现当年风采,唯独这座证实爱情的长生殿还在苦苦勘探寻找之中,让我们充满了期待。

仙乐风飘处处闻

身在西安,看了不少仿唐歌舞,其华美大气,舒展悠扬,区别于其他地域,为陕西的得天独厚。遂想真正盛唐时代的歌舞音乐,该是怎样一种模样。在周至期间,聆听了集贤古乐,也听了长安古乐,都是唐代流传下的宫廷曲谱,闻之让人荡气回肠,感心动耳。这是跨越年代的艺术衔接,是唐玄宗、杨贵妃们留下的声音。

在华清宫东面,考古人员挖掘出了唐代梨园的遗址,《新唐书》记载,"玄宗既知音律,又酷爱发曲,选坐部伎子弟三百教于梨园,声有误者,帝必觉而正之,号'皇帝梨园弟子'"。至今中国戏曲界仍有"梨园子弟"之谓,旧戏班供奉的祖师爷便是唐明皇,这个行当中,唐明皇又被叫作"老郎神",丑角在旧戏班中地位最高,是因为唐明皇在演出中能反串各种角色,为区别于皇帝,鼻梁上抹块白,叫"三花脸"。有一回唐玄宗在宫廷演奏完毕以后,装成街头卖艺人,向秦国夫人伸手说:"请给一些赏赐吧!"戏班规矩,任何人均不能坐在衣箱上头,只有丑角可以,丑角在后台必先把鼻梁勾了,别的角色才能开始化妆,丑角是唐明皇的延伸,是戏曲界的老大。从这点看,唐玄宗是个很懂得幽默,很放得下架子的皇帝。有个故事说,唐玄宗有一回坐在勤政楼上,勤政楼在今兴庆公园的西南角,紧邻咸宁路,与宫外仅一墙之隔,目前遗址已经勘查清理完毕,保护起来。皇帝在楼上看见街上过来一个钉铰的手艺人,便喊他道:"我有一顶破损的天平冠,你能修吗?"工匠急忙上楼,小心翼翼地钉好了天平冠。唐玄宗却说,"朕不要这顶天平冠了,送给你吧。"工匠不敢要,唐玄宗说:"半夜没人时,你关起门自己一个人偷偷地戴,也没什么关系。"

爱开玩笑的唐玄宗精通乐器,能谱写词曲,著名的《紫云回》《凌波曲》《雨霖铃》《霓裳羽衣曲》等都是出自其手,至今流传。杨贵妃善歌舞,通音律,好击磬,每出新声,梨园子弟皆望尘莫及。为此,玄宗特地命人采蓝田绿玉雕磨成磬,磬架装饰金钿珠翠,铸金狮为架趺,豪华绚丽。最精彩的莫过于杨贵妃醉中舞蹈的《霓裳羽衣舞》,奇妙何如?不知。唐人有诗赞曰"虹裳霞帔步摇冠,钿璎累累佩珊珊""飘然转旋回雪轻,嫣然纵送游龙惊",这些虚幻的描写,为贵妃的舞姿增添了无限艺术魅力。或许正因为杨贵妃没有照片留下,才被誉为"中国四大美女"之一样,各人心中有各人的审美标准,一百个人可以推举出一百个杨贵妃。舞蹈亦是如此,后来,我也看过不少《霓裳羽衣舞》,演出者各自抒发想象，跳出了各自的精彩，特别是在华清池飞霜殿前水面上的演出，那如梦如幻的灯光与水幕，给人的印象最为深刻。在敦煌洞窟留下的众多唐代舞蹈壁画中，我们依稀可以窥出唐代舞蹈多变的舞步，轻盈的腰肢，美丽的服饰，舒朗的神情。这一切来自富裕、祥和的生存环境，来自艺术的开放和包容。《霓裳羽衣舞》应该是千余年前这对夫妻艺术的绝妙结合，是当时音乐舞蹈艺术的巅峰！在唐玄宗周围集聚了李龟年、马先期、贺怀智、谢阿蛮一批音乐舞蹈大师，其中舞者谢阿蛮是新丰的女艺人，艺绝一时，与杨贵妃关系最为密切，两人经常在一起切磋舞技，杨贵妃曾把自己的红粟玉臂环送给她，以示友谊。这些人沉醉于歌舞旋律中通宵达旦，缓歌曼舞，乐声飘飘，使骊山如同人间仙境。

文化绵绵无绝期

不是"安史之乱"，《霓裳羽衣舞》大概还会跳下去，唐玄宗在《破阵乐》《上元乐》《圣寿乐》之外还会有新的舞曲诞生，安禄山叛军逼近长安，天宝十五载（756年）六月十三日清晨，唐玄宗带领宫中主要人物悄悄逃出延秋门，逃跑是极秘密的，宫城以外的皇族百官无人知晓。皇帝一行人仓皇逃到兴平马嵬驿，太子李亨和军队首领陈玄礼密谋发动兵变,杀死杨国忠,逼迫玄宗诛戮杨贵妃。日本杨贵妃故里二尊院的记录是这样写的:"清晨,高力士将贵妃从寝室中叫出,于堂前树下缢死,着陈玄礼验看,确认贵妃气息已绝"。陈玄礼验看之后,卸脱甲胄,向唐玄宗请罪。这就给了日本人一个说辞,他们说陈玄礼强迫皇帝处死贵妃已经冒犯了皇帝尊严,犯了"大不敬"之罪,以一个军人,如果再认真翻看娘娘尸体,亵渎之罪更大矣,所以就有了"气绝而未毙命"的疑团,促成了杨贵妃的另一支演绎,成为"忽闻海上有仙山,山在虚无缥缈间"的浪漫话题。中国的历史记录是,杨贵妃被缢死,没有棺材装殓,草草"以紫褥包裹",埋葬于驿站路西道旁。传说驿站有个老妇,拾得贵妃一只锦袜,路过的人借看一回收取百钱,获利颇多。

我曾沿袭着唐玄宗西南行的道路数次行走,走扶风、过宝鸡,出大散关至汉中,再走金牛道到宁强,宁强之西有朝天镇,当年听说天子驾临,镇上百姓带着酒食,沿路跪拜朝见天子,故名"朝天"。再向西南过昭化古城到达剑阁,道路崎岖险峻,林木茂密,山峰环耸,地荒人野。剑阁附近有上当铺,是山岭上相对的一小块平畴,叫作上当驿。今天驿站已不存在,空留两三亩平地,开满鲜黄的菜花,还有两棵陈年老柏。花丛中有清代石碑站立,镌刻着"唐明皇雨夜闻铃处"几个大字。据说唐玄宗走到这里,恰逢阴雨不散,夜闻驿站避车的铃声,想念杨贵妃,夜不能寐,做成《雨霖铃》一曲，让乐人演奏。乐人吹响乐曲时，只听悲音袅袅，摧肝破胆，让人心颤，玄宗大放悲声。20世纪以唱《四世同堂》电视剧闻名的艺术家小彩舞，最拿手的就是演唱大鼓《雨霖铃》，让人百听不厌，可惜老人已经作古，后来再无人能够超越。

至德二载（757年）九月，唐明皇从成都返回长安，他这时的身份已经是太上皇了。回銮时依旧路过马嵬驿，太上皇望着路边杨贵妃孤零零的土冢"马嵬坡下泥土中，不见玉颜空死处"，太上皇"踟蹰不能去"，所谓的"踟蹰"是指心的留恋，太上皇周围有儿子唐肃宗派来的3000精骑护驾，骑阵中，他连为爱妃一哭的条件也没有，只好是凭空的悼念，遥遥的心祭。

再次回到华清宫的太上皇目睹旧迹，物是人非，空添惆怅。新丰舞女谢阿蛮奉诏来到华清宫，为太上皇跳毕《凌波舞》，拿出当年贵妃赐予的红粟臂环给太上皇看，太上皇睹物思人，老泪纵横，左右无人不呜咽。乐师吹奏起《雨霖铃》，整个华清宫都沉浸在深深的怀念中了。

唐玄宗寂寞孤单地老死宫中，死时身边只有两个女儿陪伴，他至亲的妹妹玉贞公主重回道观，亲信高力士也被流放巫州。唐玄宗死后葬在泰陵，在今天的蒲城金粟山。唐太宗曾提倡功臣陪葬制度，太宗的昭陵连皇室带功臣，陪葬者百余众，众所周知的尉迟敬德、程咬金、魏征等均在陪葬之列，以表"义同舟楫""生死不忘"的遗言。然而唐玄宗的泰陵是清冷的，陪葬除了"生为君臣死为邻"的高力士再无其他，他的爱妃杨玉环仍旧草葬在数百里外的马崽坡。林则徐有诗："三郎不遣招同穴，空望香魂入梦苏。"

余年，《长恨歌》长诵不衰，"天长地久有时尽，此恨绵绵无绝期"，总是让我们感慨，不能释怀。今年，我想约周至《长恨歌》诞生地的文友和临潼华清池爱好《长恨歌》的朋友，以及对这篇诗歌这段故事有兴趣的人一同去泰陵，在唐玄宗的陵前高声朗诵《长恨歌》，传达我们的理解和感悟。我想，这将是唐玄宗第一次听到《长恨歌》，听到后人对他和杨玉环爱情的吟诵。

一遍大约是不够的。

寂寞的皇帝将不再寂寞，对爱情的遗憾将随着朗朗诵读化作清风。